文治
© wénzhì books

更好的阅读

乘风少年的奇遇人生

[巴西]

保罗·柯艾略 _著
Paulo Coelho

张含笑 译

LIKE
THE FLOWING
RIVER

台海出版社

要如那奔淌的河流，

在暗夜里静静无声。

不要惧怕深夜的黑暗。

倘若天上有星辰，

就去映射它们的光芒。

倘若天上有云朵，

记住云也是水做的，

与河流别无二致，

所以也大可用你的静谧深邃，

欣然映射出它们的样子。

——曼努埃尔·班德拉

目录

第二章　和每一棵树握手

第三章　穿越世界的旅行家

第四章　走向光明之地

前言

在我十五岁那年，我对我的母亲说："我已经确立职业理想，我要成为一名作家。"

"我的宝贝，"母亲忧愁地应和道，"你的父亲是一名工程师。他是一个逻辑清晰、知书达理、对世界有着清晰认知的人。你真的知道当一名作家意味着什么吗？"

"做一个写书的人喽。"

"你的叔叔哈罗德是一名医生，他也写书，有些甚至还出版了。如果你学习工程学，你一定也可以利用业余时间来写书。"

"不是的，妈妈。我想成为一名作家，而不是一名会写书的工程师。"

"但你在生活中见过作家吗？你亲眼看到过哪位作家吗？"

"并没有，我只在照片里见过。"

"如果你都不知道什么是作家，你又怎么可以真的想要成为一名作家呢？"

为了回答母亲的问题，我决定做一些调查研究。以下就是我当时了解到的在 20 世纪 60 年代初人们对作家的定义：

（1）作家总是戴着眼镜，而且永远不梳头。他们在一半时间里对所有的事情都感到愤怒，而在另一半时间里则陷入沮丧。作家要在酒吧里度过他生命中的大部分时间，与其他蓬头垢面、戴着眼镜的作家争论个没完。作家还要说一些很有"深度"的话。他们总是不满意于刚刚出版的那本小说，而总是对自己下一部小说的剧情有着许多绝妙的点子。

（2）作家有责任和义务不被自己所属的时代理解。他们坚信自己出生在一个平庸的时代，得到理解就意味着失去被视为天才的机会。作家对每个句子都要进行反复修改和重写。一个普通人的词汇量在三千个单词左右，但真正的作家从不使用这些单词，因为字典里还有另外十八万九千个单词，更何况他根本不是什么普通人。

（3）作家想说的话只有同为作家的人才能理解。即便如此，也不能阻止一名作家在暗中憎恨其他所有作家，因为他们总在争夺几个世纪以来文学史上留下的空缺。于是，一众作家都在竞逐"最复杂作品"奖——获胜者的成就就是成功撰写了世界上最晦涩难懂的书。

（4）作家喜欢用一些特别能唬人的名词来解释各种事物，比如"符号学""认知论""新具体主义"。当作家想唬住谁的时候，他们会说"爱因斯坦就是个傻瓜"，又或是"托尔斯泰是资产阶级的小丑"，于是每个人都会感到震惊。他们还会不遗余力地去告诉别人相对论是胡说八道，托尔斯泰是俄国贵族的捍卫者。

（5）想要吸引女人的时候，作家会说："我是一名作家。"然后在餐巾纸上胡乱写一首诗。这招屡试不爽。

（6）鉴于作家具备深厚的文化素养，他们总能找到充当文学评论家的工作。在这个角色中，他们可以通过为朋友们的作品撰写评论来表现自己的慷慨。但在任何此类评论中，都有一半在引用外国作者的话，另一半则是在分析书中的句子，他们总会使用诸如"认识论的切割"或"对生活综合的二维视野"之类的表达。每一个读到书评的人都会说："这是多么具有文学素养的一个人啊！"但这些人并不会去买这本书，因为他们担心当"认知论的切割"出现时自己可能会读不下去。

（7）每当有人请作家谈谈当下正在读的书时，作家总是会提到一本谁都没听说过的书。

（8）只有一本书能引起作家及其同行的一致钦佩，那就是詹姆斯·乔伊斯的《尤利西斯》。没有一位作家会说这本书的坏话，但如果有人问起这本书讲的是什么，作家却无法说明白，这不禁让人怀疑他们是否真的读过这本书。

有了这些资料之后，我又找到母亲，向她解释了究竟怎样才算是一名作家。她表现得有些吃惊。

"当一名工程师或许更简单哟，"她说，"而且，你也不戴眼镜呀！"

不过，我的确已经拥有了蓬乱的头发，口袋里揣着一包"高卢人"牌的香烟，腋下夹着一册剧本[1]，我也在研究黑格尔，并且已经下定决心要尝试读一读《尤利西斯》。后来，有位摇滚歌星来找我为他的曲子填词，于是我从探索不朽的征程中退了出来，重新走上了与普通人并别二致的道路。

正如贝托尔特·布莱希特说的，这条道路引领我去了许多地方，甚至让我住过的国家比我换过的鞋都多。本书中汇集了我自己的一些经历、其他人给我讲的故事，以及我在奔淌的生命之河中徜徉时涌起的一些思绪。

这些故事和文章都在全球不同地方的报纸上刊登过，在此应读者的要求收集到一起。

---

[1] 那部剧名为《抵抗的极限》（*The Limits of Resistance*）。令我欣喜的是，有位评论家称之为"我在舞台上见过的最疯狂的东西"。——作者注

第一章

给大人的睡前故事

铅笔的故事

一个男孩看着他祖母写信。

有一刻，他开口问道："您是在把我们做的事写成故事吗？这是关于我的故事吗？"

祖母停下笔，对她的孙子说："我确实是在写你，但比文字更重要的是我用的这支铅笔。我希望你长大后能像这支铅笔一样。"

这激起了男孩的好奇，他看着那支铅笔，它看上去并没有什么特别。

"但它和我见过的其他铅笔没什么两样呀。"

"这取决于你如何看待它。铅笔具备五种品质，如果你能保有这些品质，就能一直和世界融洽相处。

"第一种品质：尽管你能书写伟大的篇章，但你永远不能忘记有一只大手在引领你的脚步。我们称这只手为神，神总会以他的意志来指引我们。

　　"第二种品质：写字时我总要不时停下来，用卷笔刀把铅笔削尖。这个过程中铅笔虽然很受罪，但经历过之后，笔尖就变得更锋利了。你也是一样，你一定要在苦难和悲伤中学会隐忍，因为这些经历会让你成为更厉害的人。

　　"第三种品质：我们总是可以用橡皮擦去铅笔留下的错误。所以说，纠正我们过往的作为未必是一件坏事，这有助于我们坚持走在正道上。

　　"第四种品质：一支铅笔真正重要的不是它的木质笔杆，而是它内部的石墨。你也要时刻关注你内心的状态。

　　"第五种，也是铅笔的最后一种品质：它总是留下痕迹。你也要记得，你一生中做的每一件事都会留下印记，所以你在一举一动中都要谨记这一点。"

成吉思汗和他的鹰

最近一次在中亚走访哈萨克斯坦时，我有幸与一些仍在使用猎鹰作为捕猎武器的猎人同行。我不想在这里探讨"狩猎"的问题，我只想说，在这里，大自然只是遵循着自身的法则。

我身边没有带翻译，但正所谓塞翁失马，焉知非福。正因为无法与他们交谈，所以我才更能专注于观察他们的一举一动。突然，我们这一小队人停了下来，手臂上站着猎鹰的那个人离我们略有些距离，他摘掉了盖在猎鹰头上的小银帽。我不知道他为什么决定在那里停下脚步，但语言不通，所以没法发问。

这只鹰飞了起来，盘旋了几圈，然后径直向峡谷俯冲，停在那里。走近时，我们发现猎鹰的爪下有一条毒蛇。那天早上，这一幕总共出现了两次。

回到村子里，我和等着见我的人会合了，我问他们驯鹰人是如何训练这只猎鹰的，才能让它如我所见的那样行动，甚至还能让它温驯地坐在主人的手臂上（以及我的手臂上。他们给我戴上了一种皮质驯鹰手套，这样我就可以近距离地观看鹰的利爪）。

不过，我的问题并没有答案，因为没有人能真正说清楚其中的门道。他们说这门技艺是一代代传下来的——由父亲教给儿子，代代传承。尽管没有找到答案，但那个场景我将永远铭记在心：远处巍峨的雪山映衬着骏马和猎人的剪影，猎鹰从猎人的手臂上起飞，上演致命的俯冲。

留在我脑海里的，还有另一个故事，那是在吃午饭时有人告诉我的。

说是一天早上，蒙古武士成吉思汗和他的宫廷大臣们外出打猎。与他同行的人都背着弓箭，成吉思汗只带了他最喜欢的猎鹰。这只猎鹰比任何箭都更厉害，也更精准，因为它能飞上天空，看到人类视角所看不到的一切。

然而，尽管那天众人使出了浑身解数，最终还是一无所获。成吉思汗失望地返回营地，为了不把自己的沮丧发泄到同伴身上，他远离大队人马，独自骑行。成吉思汗徘徊在树林里的时间远远超出了预期，他又累又渴。当时正值炎炎夏日，林中所有的溪流都干涸了，他找不到任何水源。突然，他惊喜地发现一缕泉水正从面前的岩石上流淌下来。

　　他从手臂上放下猎鹰，拿出了随身携带的银杯。他花了很长时间才接满一杯水，刚把杯子举到嘴边，猎鹰就突然飞了起来，用利爪拨开了成吉思汗手中的杯子，将它打翻在地。

　　成吉思汗非常愤怒，但那是他最心爱的猎鹰，也许它也很渴。于是他捡起杯子，清除脏污，再次用它接水。这一次，杯子才接到半满，猎鹰就再次发起了攻击，水溅了一地。

　　尽管成吉思汗极其疼爱这只猎鹰，但无论在什么情况下，谁都不能对他如此不敬，这是他不能容忍的——如果此刻有人在远处瞥见这一幕，可能就会去告诉他的战士们，这位伟大的征服者甚至无法驯服一只鸟。

　　于是，他拔出剑，再次拿起杯子，重新接水，一边盯着水流，一边注视着猎鹰。当他杯子里的水接得差不多了，正准备一饮而尽时，猎鹰又一次向他飞来。这一次，成吉思汗一剑刺穿了猎鹰的胸膛。

　　此时那一线水源也滴干了，但成吉思汗已经打定主意要找到水喝，于是他爬上岩石去寻找源头。令他震惊的是，那里确实有一汪泉水，但水中躺着一条这附近毒性最强的毒蛇。如果他刚才喝了那水，想必命已归西。

　　成吉思汗抱着那只死去的猎鹰回到营地。他下令制作一个猎鹰的金塑像，并在其中一只翅膀上刻着：

即使朋友所为令你不悦，他也还是你的朋友。

在另一只翅膀上刻着：

愤怒时做出的任何举动，都注定会带来恶果。

魔鬼池

在澳大利亚巴宾达村附近，我正望着一片美丽的池水。此时，一个年轻的澳大利亚土著向我走来。

"你可要小心，别滑倒了。"他说。

小池子周围有一圈岩石，看上去走起来很安全。

"这个地方叫魔鬼池。"年轻人继续说道，"许多年前，一位美丽的土著女孩奥罗娜嫁给了一名来自巴宾达的战士。然而，她爱上了另一个男人，于是两人逃进了群山，但她丈夫找到了他们。那个情人逃走了，奥罗娜却在这片水域里被杀害了。从那时起，奥罗娜就把每一个靠近池水的男人都当作她逃走的爱人，用池水拥抱他们，将他们置于死地。"

后来，我问了小旅馆的主人有关魔鬼池的事。

"这可能只是迷信说法，"他说，"不过事实上，在过去的十年里，有十一名游客在魔鬼池里丧生，而他们无一例外都是男性。"

孤零零的一块木炭

胡安以前总是会去他所在教区的教堂参加周日礼拜，但他渐渐感觉到那位牧师总在老生常谈，所以他就没再去了。

两个月之后，在一个寒冷的冬夜里，那位牧师叩开了胡安家的门。

他大概是想来劝我回去参加礼拜。胡安心里想。他感觉不能如实说出自己缺席的真正原因是牧师不断重复布道内容。为此他得找一个借口，于是他一边思考，一边将两把椅子放在点燃的壁炉前，开始和牧师寒暄最近的天气。

牧师默不作声。在几次尝试开启话题不成之后，胡安也放弃了。两个人就这样静静地凝视着火堆，坐了半个小时。

突然，牧师站起身来，拿起一根还没烧着的柴，将火堆里的其中一块木炭推到了一边。

由于没有足够的热量进行燃烧，这块木炭渐渐冷却下来。胡安见状赶忙将它送回到火堆中间。

"晚安。"牧师说着，起身走了。

"晚安，非常谢谢你！"胡安说道，"不管一块木炭烧得多旺，一旦离开了火苗，它很快就会燃尽。无论一个人有多聪明，如果他远离集体，很快就会失去温暖和光辉。下周日我们教堂见。"

曼努埃尔是一个重要且必要的人

曼努埃尔必须把自己的日程安排得非常满。如果不这么做的话，他就会感觉自己的人生没有意义，感觉自己在浪费时间，感觉自己失去了存在于社会上的价值，没有人爱他，没有人需要他。

所以，他只要一起床，就要完成一系列的任务：首先打开电视看新闻，因为昨晚他睡着时可能发生过什么大事；还要读报，因为昨天白天可能也发生过什么大事；他会关照妻子，别让孩子们上学迟到了；通勤时无论是开车、打车、坐公交，还是乘地铁，他的脑袋也会一刻不停地进行思考，眼睛有时四下张望，有时看看手表，有机会的话他也会用手机打几个电话，确保每个人都能看到他是多么重要的一个人物，对这个世界多么有用。

曼努埃尔来到办公室，坐下处理那些等待他多时的文件。如果曼努埃尔是一名打工人，他会竭尽全力确保老板看到他是准时出勤的。如果他是老板，他一进门就会催着每个人开始干活儿。如果手头并没有什么重要的任务要完成，曼努埃尔也会创造一些出来，提出一些新计划，制定新的行动路线。

吃午饭的时候，曼努埃尔也永远不会落单。如果他是老板，他会和朋友们坐下来聊聊新策略，说说竞争对手的坏话，总是留着一手好牌，抱怨工作过量（语气中夹带着骄傲）。如果他是打工人，他会和自己的朋友们一起吃午饭，抱怨自己的老板，抱怨自己加班的强度，带着焦虑（和骄傲）的语气说公司里的各种事情都指望着他呢。

不管是当老板的曼努埃尔，还是打工的曼努埃尔，整个下午都会扑在工作上。但他也会时不时地看一看手表。快到时间该下班回家了，但这边还有一些工作细节需要他来梳理，那边还有一份文件需要他签署。他是一个正直的人，他得对得起自己拿的工资，对得起别人的期许，对得起父母的梦想——毕竟二老辛辛苦苦才让他有机会接受良好的教育。

最后，他终于回了家。他洗了个澡，换上舒服的家居服，和家人共进晚餐。他过问了子女的课业情况，也关心了妻子这一天做了点儿什么。有时他也会谈起工作，但只是为了举个例子——他尽量不将工作上的烦心事带到家里。一家人吃罢晚饭，孩子们可没时间听爸爸举例子，也无心理会作业什么的，他们一离开饭桌就跑去电脑前一屁股坐下了。曼努埃尔也起身走到在他童年时代被称为"电视机"的设备面前。他又开始坐下来看新闻了，因为那天下午也可能发生过什么重要的事。

他上床睡觉时，床头柜上总是会放着基本技术类的书籍，因为他很清楚竞争是残酷的，不论他是老板还是雇员，任何跟不上时代的人都有失去工作的风险，并将面临世上最糟糕的诅咒：无所事事。

睡前他会和妻子聊上几句，毕竟他是一个体面、勤劳、爱家的男人，他照顾家庭，并时刻准备着在任何情况下捍卫自己的家庭。他很快就睡着了，入睡时心中十分清楚醒来又会是非常繁忙的一天，所以他需要养精蓄锐。

那天晚上，曼努埃尔做了一个梦。梦里有一位天使向他发问："你做这些是为了什么呢？"

他回答，因为他是一个有担当的男人。

天使接着说道："你就不能在一天里抽出十五分钟，什么都不干，就好好看看这个世界、看看自己吗？"

曼努埃尔说他也很想这么做，但他没有时间。

"你在对我撒谎，"天使说，"任何人都有时间这么做，就看他们有没有这个勇气。如果工作能帮助我们思考自己在做的事情，那它就是有益之事；如果工作唯一的作用是阻止我们思考生命的意义，那它就是一种诅咒。"

曼努埃尔半夜醒来，出了一身冷汗。勇气？一个为家庭牺牲自己的男人，怎么可能没有勇气每天停下十五分钟呢？

曼努埃尔想，最好还是接着睡觉。这只是一场梦，这些问题对他毫无帮助。再说了，明天他会很忙，非常非常忙。

曼努埃尔是一个自由的人

曼努埃尔连续工作了三十年。他把孩子们抚养成人，为他们树立了一个好榜样，把所有的时间都奉献给了工作，也从不会问："我所做的事情有什么意义吗？"他唯一的想法就是，他越忙，他在这世界中就越重要。

他的孩子们都长大了，离开了家。他在工作中获得了晋升。有一天，他会收到一块手表或一支笔，以感谢他多年来所做的一切贡献。他的朋友们会落下几滴眼泪，那盼望已久的时刻终于到来了：他退休了，现在他可以想干什么就干什么了！

在最初的几个月里，他偶尔会回到他工作过的办公室，和老朋友们聊聊天。他也会屈从于自己一直梦寐以求的乐趣：晚起。他会沿着海滩散散步，或是在城市的街道中穿行。他在乡下有自己的别墅，那是他用汗水换来的。他还爱上了园艺，并逐渐开始深入了解植物和花卉的奥秘。曼努埃尔现在有时间了，要多少有多少。他会用自己积攒下来的一些钱去旅行。他会去参观博物馆，用两个小时去了解不同时代的画家和雕刻家花了几个世纪才建立起来的概念。至少他感觉自己正在拓宽文化认知。他拍了成百上千张照片，然后发给他的朋友们——毕竟，他们得知道他过得多开心。

又过了几个月，曼努埃尔认识到花园和人类遵循的规则不一样——他种下去的东西需要时间生长，所以不需要一直去查看玫瑰花丛里长出花骨朵了没。日子一天一天过去，有一个瞬间，曼努埃尔意识到自己在旅途中看到的只是旅游巴士窗外的风景，还有被封存在大小为6厘米×9厘米的相片里的纪念碑。事实上，他并非真正为见到的景色感到兴奋——他更关心的是把这些景色分享给朋友们，而不是真正去体会身在外国的奇妙之处。

他继续看电视新闻，读更多的报纸，因为现在他有更多的时间了，他觉得自己是一个消息非常灵通的人，能对之前没时间学习的事情侃侃而谈。

他想找些人来分享自己的观点，但他们都沉浸在自己生活的河流中，工作，忙这忙那，忙着羡慕曼努埃尔的自由，同时满足于自己对社会有贡献，"投身"于一些重要的事情。

曼努埃尔想从孩子身上寻求安慰。他们总是能给他很多爱——他是一位优秀的父亲，是诚实和奉献的典范——但他们也有其他要关心的事情，尽管他们认为自己有责任每周日回家陪父亲吃午餐。

　　曼努埃尔是一个自由的人，也挺富裕，见多识广，有着无可挑剔的过去。但现在呢？他应该如何处置这来之不易的自由？每个人都会问候他、赞扬他，但没人有时间陪他。渐渐地，曼努埃尔开始感到悲伤，觉得自己没用，尽管多年来他一直在为世界和家里人服务。

　　一天晚上，一个天使在他熟睡时来到他面前："你这一生都做了什么？你有没有试着遵照梦想去生活？"

　　漫长的一天又开始了。看报纸，看电视新闻，打理花园，吃午餐，小睡一会儿。他可以做任何他想做的事，但却发现，现在他什么都不想做。曼努埃尔是一个悲伤的自由的人，离抑郁只差一步之遥，因为他总是太忙，没时间思考自己生命的意义，只叫岁月默默在桥下淌过。他记起了一位诗人说的：他度过了一生，却没有好好活过。

　　然而，现在要接受这一切为时已晚，既然如此，最好还是换个话题。他来之不易的自由只是变相流亡。

◎曼努埃尔去了天堂

有一段时间，曼努埃尔享受着退休的自由，不必在特定的时间起床，可以利用自己的时间做自己想做的事。然而，他很快就陷入了抑郁。他觉得自己毫无用处，被他出力建设过的社会排斥在外，被他养大的孩子遗弃，无法理解生活的意义，也从未费心去回答那个古老的问题："我在这里做什么？"

最终，我们亲爱的、正直的、敬业的曼努埃尔去世了——这是必将会发生在世界上所有的曼努埃尔、保罗、玛丽亚斯和摩尼卡身上的事。在这里，请允许我借用亨利·德拉蒙德在他的精彩著作《世界上最伟大的事情》中的文字来描述接下来发生的事：

自古以来，人们就一直在问一个深奥的问题：什么是至高无上的善？放在你面前的是你的生命，而你只能活一次。什么是最高尚的欲望、最值得觊觎的礼物？

我们已经习惯于被告知，宗教世界中最伟大的事情是"信仰"。这个伟大的词是几个世纪以来主流宗教的基调，我们很容易就学会了把它看作世界上最伟大的东西。但我们错了。如果我们只了解这一点，就可能会错过重点。在《哥林多前书》第13章中，保罗带我们了解了基督教的源头，在那里我们看到："最伟大的是爱。"

这不是疏忽。保罗先前谈到了信仰。他说："如果我有足够的信仰，我能把山移动，但如果没有爱，那我就什么都不是。"他非但没有忘记，反而故意将它们进行了对比，并毫不犹豫地做出了判断："现在，在坚持信念、希望和爱的前提下，其中最伟大的是爱。"

在这种情况下，我们的曼努埃尔在他去世的那一刻得到了救赎，因为尽管他从未赋予生命任何意义，但他有能力去爱，他供养家庭，并全身心地投入工作。与此同时，尽管他的生命有一个不错的结局，但他在世上的最后一段时间过得并不轻松。

借用我在达沃斯世界经济论坛上听到的西蒙·佩雷斯说的一句话："乐观主义者和悲观主义者的生命都会有终结的那一天，但他们走完一生的方式完全不同。"

🌀不符合墨菲定律的面包

我们都倾向于相信"墨菲定律"：相信自己不管做什么都会出错。让－克劳德·卡里埃尔讲过一个有趣的故事，说的正是这种体验。

一个人静静地吃着早餐。突然，他刚抹了黄油的那片面包掉到了地上。

试想一下，当他低下头，看到面包朝上的是抹了黄油的那面时，他该多么惊讶！那人认为自己目睹了奇迹。他兴奋地将这件事告诉了朋友们，大家都表示难以置信，因为当一片面包掉到地上时，几乎总是涂着黄油的一面朝下，然后把一切都搞得一团糟。

"也许你是个圣人，"一位朋友说道，"也许这是上帝的神迹。"

很快，全村人都知道了这件事，大家绘声绘色地讨论了起来：这是多小的概率啊！那个人的那片面包怎么就能做到掉在地上后还是抹了黄油的那面朝上呢？由于没人能想出一个令人信服的答案，他们决定向住在附近的一位大师请教。

听完众人的讲述，大师要求给他一个晚上的时间来祈祷、思考，并寻求神的启示。第二天，大家再次来到大师家中，渴望得到一个答案。

"这其实很简单，"大师说，"事实就是，面包落地的那一面没有错，只是黄油抹在了错的那一面。"

一位来自摩洛哥的访客

一位来自摩洛哥的访客向我讲述了一个稀奇的故事，那是某个沙漠部落对原罪的解读。

话说夏娃走在伊甸园里，蛇蜿蜒着来到她身边。

"吃了这个苹果吧。"蛇说。

夏娃拒绝了，因为她记得神对此有过明确的指示。

"吃了这个苹果吧，"蛇锲而不舍地劝说，"你得为了你的男人变得更漂亮。"

"不，我不需要，"夏娃回答道，"除了我，他没有别的女人。"

蛇笑了。

"他当然有。"蛇说。

夏娃不相信蛇的话，于是蛇把她带到山顶上的一口井边。

"她就在这个洞里，是亚当把她藏在这儿的。"

夏娃俯身倚在井口，看到井水里倒映出一个楚楚动人的女子。随即她便吃掉了蛇递过来的苹果。

这个摩洛哥部落还认为，任何人都能重返伊甸园——只要他或她能在水中认出自己的倒影，且不感到惧怕。

这些是我的朋友

街上有位非常虔诚的女人对一个男孩说："国王之所以如此强大，是因为他与撒旦达成了一个契约。"男孩听进去了。

过了一段时间，当男孩去到另一个城镇时，他听到身边有个人说："这里所有的土地都属于同一个人。我认为撒旦一定插手了这件事。"

一个夏日傍晚，一位美丽的女士从男孩身边走过。

"那个女人是撒旦的仆人！"一位牧师愤怒地喊道。

从那时起，男孩决定去寻找撒旦，当他终于找到撒旦时，男孩说："大家都说你能让人变得强大、富有而美丽。"

"并不是，"撒旦回答道，"你听到的只是那些追捧我的人说的一面之词。"

黎明时刻

在达沃斯世界经济论坛上，诺贝尔和平奖获得者西蒙·佩雷斯讲述了下面这个故事。

一位拉比召集他的学生，并问他们："我们如何能知道黑夜结束和白昼开始的确切时间呢？"

一个男孩说："当光线足够亮，让人能看清是绵羊还是狗的时候。"

另一个学生说："不对，是当光线足够亮，让人能区分橄榄树和无花果树的时候。"

"不，这个标准也不够好。"

"那正确答案究竟是什么？"男孩们问道。

拉比说："当一个陌生人走近时，我们认为他是我们的兄弟，所有的矛盾都消失了，那就是黑夜结束、白昼来临的时刻。"

拉吉给我讲了个故事

在孟加拉一个贫穷的村庄里，一个寡妇没钱支付儿子的车费。因此，当男孩开始上学时，他必须独自穿过森林去学校。为了让孩子安心，母亲对他说："儿子，不要害怕森林。请你的神奎师那与你同行。他会听到你的祈祷。"

男孩听从了他母亲的建议。奎师那也如期而至，从那时起，就每天陪着他去上学。

到了老师的生日，男孩问妈妈要钱来给老师买礼物。

"儿子啊，我们没有钱。你让奎师那给你买件礼物吧。"

第二天，男孩向奎师那讲述了他遇到的难题，奎师那给了他一罐牛奶。

男孩骄傲地把牛奶递给老师，但其他男孩的礼物要高级得多，老师甚至没有注意到他送的礼物。

"把那罐牛奶拿到厨房去吧。"老师对助手说。

助手遵命行事。然而，每当他试图将奶罐倒空时，罐子都会立刻再次装满鲜奶。他将这个消息告诉了老师，老师很惊讶，问男孩："你从哪里弄来的那个罐子，它怎么能做到一直都是满的呢？"

"这是森林之神奎师那给我的。"

老师、其他学生和那位助手都大笑起来。

"森林里没有神。那纯粹是迷信。"老师说，"如果他真的存在，那就让我们一起去见见他吧。"

于是大家一起向森林出发了。男孩开始呼唤奎师那，但他没有出现。

男孩发出了最后一声绝望的呼唤："亲爱的奎师那，我的老师想见您。请您现身吧！"

这时，一个声音传来，在整个森林中回响："他怎么可能想见我呢，我的孩子？他甚至都不相信我的存在！"

翻新房屋

　　我的一个熟人最终陷入了严峻的经济困境，原因是他总是无法将梦想和现实结合起来。更糟糕的是，他还拖累了其他人，伤害了他不想伤害的人。

　　由于无力偿还累积下来的债务，他甚至想过自杀。直到有一天下午，他走在街上，看到了一栋废弃的房子。那栋楼就是我呀！他心想。就在那一刻，他心中燃起了想要翻新那栋房子的冲动。

　　他查明了屋主，主动提出承担基本的翻新工作。屋主同意了，尽管屋主并不明白我这位朋友的诉求是什么。他们一起弄来了屋面瓦、木材和水泥。我那位朋友全身心地投入工程中——尽管他也不知道这是为了什么，是为了谁在干。但随着工程的推进，他感觉自己的生活也在慢慢变好。

到那年年底，房子已经焕然一新，而他所有的个人问题也都解决了。

那个遵从梦境的男人

我出生在里约热内卢的圣若瑟医院。我出生的过程颇为艰难，母亲把我献给了圣若瑟①（约瑟夫），请他助我存活下去。从此，圣若瑟便成了我生活的基石。自1987年我去了朝圣之路的第二年以来，每年我都会在3月19日为他举行一次聚会。我会邀请朋友和其他诚实、勤劳的人，我们会在晚餐前祈祷，为所有在工作中忠于自己尊严的人祈祷，也为那些没有工作和前途迷茫的人祈祷。

---

① 《圣经·新约》记载，他是耶稣的养父，圣母玛利亚的丈夫。又称"劳工圣若瑟""大圣若瑟"等，新教称作"约瑟"，天主教称为"若瑟"。——译者注

在我对祷文进行简短的说明时，我想提醒大家，"梦"这个词在《新约》中只出现过五次，而其中四次都与木匠约瑟夫有关。每次他都听从梦中天使的劝说，去做与自己的计划完全相反的事情。

天使指示他不要抛弃已经怀孕的妻子。约瑟夫本可以反驳说："邻居们会怎么想？"但他回到家里还是听从了梦中的启示。

天使指示他去埃及。他本可以回答："我在这里有家木工作坊，还有老客户，我不能就这样放弃一切。"然而，他还是把自己的东西收拾好，踏上了未知的征程。

天使要他从埃及回来。约瑟夫本可以这样想："为什么是现在？我刚刚设法重新过上安定的生活，我还有一个家庭要养活。"

约瑟夫没有理会常理，他遵从了梦境中的指示。他知道自己有一项注定要完成的使命，这也是很多人的使命——保护和供养自己的家庭。就像无数匿名的约瑟夫一样，他竭尽全力去完成这项任务，哪怕这意味着要去做一些他还无法理解的事情。

后来，他的妻子和他的某个孩子成了基督教的基石。而这个家里的第三根支柱——劳工圣若瑟，只有在圣诞节耶稣诞生的场景中才会被记起。除此之外，那些对他抱有特殊敬意的人也会时时记得他——就像我，还有利奥纳多·波夫，他写了一本关于木匠的书，我为那本书写了序言。

我在网上读到了作家卡洛斯·海托尔·科尼的一篇文章，下面是文章中的一段节选：

人们有时会感到惊讶，鉴于我宣称自己相信不可知论，我也拒绝接受哲学、道德或宗教中有关上帝的概念，但我却愿意去纪念某些圣人。在我看来，上帝是一个太遥远的概念或主体，无法为我所用，也无法与我的需要产生关联。但圣人们则不同，他们和我一样曾经是肉身，他们更能让我钦佩，更值得我去敬拜。

圣若瑟就是其中之一。《福音书》中不曾记录他说的一个字，只有简略的生平和一个明确的认定：一个正义之人（vir justus）。鉴于他是一个木匠，而不是法官，我们应当推定所谓"正义之人"意味着约瑟夫高于一切的品质是善良。他是一个好木匠，是一个好丈夫，是那个划分世界历史的男孩的好父亲。

这就是来自科尼的美言。然而，我还是经常会读到一些离经叛道的说法："耶稣去了印度，去向喜马拉雅山上的老师学习。"我相信任何人都可以把生命赋予他的任务变成神圣的东西，耶稣在正义之人约瑟夫教他如何打造桌子、椅子和木床的时候学到了这一点。

　　在我的想象中，基督圣化面包和葡萄酒的那张桌子正是约瑟夫做的，因为一定是有某个无名木匠辛勤地流汗劳作，才让奇迹有机会发生。

猫在冥想中的重要性

当我在写《维罗妮卡决定去死》（这是一本有关疯狂的书）的时候，我常常会逼问自己，我们平时所做的事，究竟有多少是真正有必要的，又有多少是莫名其妙的。我们为什么打领带？为什么时钟是顺时针移动的？我们使用的是十进制，那为什么一天有二十四小时，一小时有六十分钟？

实际情况是，我们现在遵守的许多规则都不存在真正的根基。然而，如果我们选择不按此规则行事，就会被认为是"疯狂的"或是"不成熟的"。

长此以往，社会会不断创造出各种制度。久而久之，制度将不再被追问有何意义，而只是将规则强加于我们每个人。日本有一个有趣的故事能很好地说明我的这个观点。

传说有一位伟大的禅师掌管着一座禅院，他养了一只猫，那只猫是他一生的挚爱。为了尽量让猫咪陪伴在自己身边，即便是在冥想课上，他也总是把猫放在身边。

一天早上，这位年事已高的禅师圆寂了。最年长的门徒接替了住持的位置。

"我们该如何处置这只猫呢？"众僧徒问道。

为了纪念去世的禅师，新住持决定让这只猫继续参加禅修课程。

有一些附近寺院的弟子在四处游历时发现了这件事——在该地区最著名的一座寺庙里，有一只猫参与了冥想。于是这个故事开始流传开来。

时隔多年之后，这只猫死了，但禅院里的僧徒们已经习惯了它的存在，于是他们又养了一只猫。与此同时，其他寺庙也开始将猫引入冥想课程。他们认为猫才是那座禅院出名和禅修质量高的真正原因，完全忘记了之前那位禅师是多么优秀的一位大师。

经历了一代人之后，市面上开始出现了一些探讨猫在禅定中的重要性的学术论文。一位大学教授撰写了一篇论文，指出猫有能力提高人的注意力并消除负面能量，这篇论文还受到学术界的肯定。

因此，一个世纪以来，猫都被认为是该地区禅宗佛教研究的重要组成部分。

再后来，来了一位对猫毛过敏的住持，他决定将猫从他与学生的日常禅修中剔除出去。

每个人都表示抗议，但住持并没有让步。他是一位天赋极高的禅师，所以哪怕猫不在，僧徒们还是在禅修上不断取得进步。

渐渐地，其他寺院也开始把猫从禅修教室里赶走——毕竟这些寺院也总是在寻找新思路，而且已经厌倦了喂养这些猫。在接下来的二十年里，人们撰写了创新性的新论文，言辞凿凿的标题比比皆是，例如，《避免让猫参与禅修的重要性》或《不借助动物的辅助，如何仅凭个人意志在禅宗宇宙中入定》。

又过了一个世纪，猫已经从该地区的禅定仪式中彻底消失了。但是，人们花费了二百年时间才回到原点，因为在此期间没人想过要质疑为什么猫会在那里。

在我们的生活中，又有多少人敢于发问：为什么我要这样做或那样做？在我们平时的行为中，是否或多或少也存在一只没用的"猫"呢？我们之所以没有勇气摆脱它，是因为在我们被灌输的思想中，这只"猫"是保证一切运转顺利的关键。

为什么我们不去探索不同的行为方式呢？

战士与信仰

亨利·詹姆斯将经验比作一张巨大的蜘蛛网，它悬浮在人类的感观世界中，不仅能捕获必要的东西，也不放过空气中的任何一个微粒。

我们所称之为"经验"的东西，常常只是我们所经历的失败的总和。所以，在展望未来时，我们就像人生屡屡犯错的罪人一样，瞻前顾后，缺乏迈出下一步的勇气。

在这样的时刻，我们最好记住索尔兹伯里勋爵的话："如果你听医生的，那就没有什么是百分之百健康的；如果你听神学家的，那就没有什么人是没有业障的；如果你听士兵的，那就没有谁是绝对安全的。"

重要的是要接纳自己内心的激情，不要丧失征服欲。这些都是生活的一部分，会给所有投入其中的人带来欢乐。光之战士永远不会忘记什么是永恒的，也不会忘记那些在时间长河中建立起来的纽带。他知道如何区分短暂的和持久的。然而，有一刻，他的激情突然消失了。虽然道理他都懂，但他还是让自己被绝望压垮了：从这一秒到下一秒，他的信仰不再是原来那般，事情不再以他梦想的那样展开，悲剧以不公平和意外的方式发生，他开始相信自己的祈祷没有得到重视。虽然他继续祈祷，参加宗教仪式，但他无法欺骗自己——他的心不再像从前那样给予回应了，那些话似乎都毫无意义。

在这样的时刻，或许只有一条路可以走——坚持练习。无论你念诵祷文时是出于义务、恐惧，还是其他原因，一定要继续祈祷。坚持下去，哪怕你感觉一切似乎都是徒劳的。

那个负责接收你话语的天使，也负责播撒信仰的快乐。或许天使在某处迷路了，不过他（她）很快就会回来的，但只有听到你口中念出的祈祷或请求时，他（她）才知道去哪里能找到你。

据传说，一位初学修士在彼得拉修道院（Monastery of Piedra）进行了一场令人精疲力竭的晨祷之后，问修道院院长，他们的祈祷是否让上帝更接近人类了。

"我要用另一个问题来回答你这个问题，"修道院院长说，"你所说的祈祷会让太阳明天升起吗？"

"当然不能！太阳的升起要遵循宇宙间的规律。"

"对呀，这就是问题的答案。上帝本就与我们同在，无论我们祈祷多少遍。"

初学修士感到震惊。

"您是说我们的祈祷是徒劳的吗？"

"当然不是。如果你起得不够早，你将永远看不到日出。虽然上帝常伴你左右，但如果你不祷告，你将永远无法感受到他的存在。"

凝视和祈祷——这应该是光之战士的座右铭。如果他一味凝视，即便身处不存在鬼魂的地方也可能出现错觉。如果他只是祈祷，他就没有时间去完成世界亟待他完成的工作。在《沙漠圣父传》（*Verba Seniorum*）中还有另一个传说，有位牧师曾说，约翰院长的祈祷已经多到他不再需要有任何忧虑了，因为他所有的激情都已经被收服了。

这位牧师的话传到了斯凯塔修道院（Monastery of Sceta）一位智者的耳朵里。晚饭后，智者把初学修士们召集到一起。

"你们可能听说院长约翰不再需要战胜任何欲望了。"他说道，"然而，缺乏战斗会削弱我们的灵魂。让我们祈求上帝赐给院长约翰一个巨大的诱惑，如果他能战胜它，让我们祈愿上帝赐予他一个接一个的挑战。当他再次与诱惑作战时，让我们祈祷他永远不要说：'主啊，请把这个恶魔从我身边赶走。'让我们祈祷他会说：'主阿，请赐予我力量与恶魔抗衡。'"

✒一次冲动的行为

来自科帕卡巴纳的耶稣复活堂的泽卡神父讲述了一个故事。有一次他坐在一辆大巴上，突然听到一个声音叫他立刻站起来宣讲基督的话。

泽卡试着与那个声音交谈："这样大家会认为我很可笑。这不是布道的地方。"但他内心的什么东西坚持要他开口布道。"我太害羞了，请不要叫我这样做。"他恳求道。

内心那股冲动却很坚持。

这时，他记起了自己的承诺——要听从基督的一切旨意。他站起身来，但尴尬让他蜷缩着身子，他开始传福音。车上的每个人都静静地听着。他轮流望向每一位乘客，很少有人把目光移开。他说出了心中的一切，结束了布道，又坐了下来。

虽然他至今也不清楚那天自己完成的是一项什么样的使命，但他确信自己做到了不辱使命。

童话一则

圣地亚哥之路的朝圣者玛丽亚·埃米利亚·沃斯讲述了下面这一则故事。

很久很久以前，有一位王子即将即位成为皇帝，但根据律法，他必须先成婚。

因为他的新娘即是未来的皇后，所以王子必须找到一个能让他百分之百信任的年轻女子。在一位智者的建议下，王子决定召集该地区所有的年轻女性，以便找出最佳人选。

一位在皇宫里服务多年的老妇人听说了这次选妃的筹备工作，心里十分难过，因为她知道自己的女儿已对王子暗生情愫。

老妇人回到家，将事情告诉了女儿，女儿决意要进宫，老妇人听了惊慌失色。

她绝望地说道："女儿啊，你这又是何苦呢？全城最富有、最漂亮的姑娘届时都会出现。你不会被选上的。我知道你一定很痛苦，但不要因为痛苦就做出疯狂之举啊！"

女孩回答道："我亲爱的母亲，我并不痛苦，也没有发疯。我知道自己不会被选中，但这是我能亲近王子哪怕一小会儿的唯一机会了，我为此感到雀跃，尽管我知道等待我的是完全不同的命运。"

那天晚上，当这个年轻女子到达皇宫时，所有最漂亮的姑娘已经聚集一堂，穿着最漂亮的衣裳，戴着最漂亮的珠宝，个个都准备使出浑身解数来抓住这个机会。

王子在众臣们的簇拥下宣布了一项挑战：

"我会给你们每个人一颗种子。六个月后，谁给我带来最娇艳的花朵，谁就能成为未来的皇后。"

女孩把种子种在花盆里。她并不精通园艺，但极为耐心、温柔地对待孕育种子的土壤，因为她相信只要花儿能像她的柔情一样日渐茁壮，那她就不必担心结果。

三个月过去了，种子还没发芽。女孩什么方法都试过了，她咨询了农户和种地人，他们向她展示了各式各样的培育方法，但都没有用。每天她都觉得梦想离自己越来越远了——尽管她的爱还是一如既往地热烈。

最后，六个月过去了，她的花盆里还是什么都没长出来。

尽管她没有什么可展示的，但她清楚自己在这段时间里付出了多少努力和心血，因此她告诉母亲，她还是会在约定的日期回到宫里。内心深处，女孩知道这将是自己与真爱的最后一次相见，她无论如何都不能错过。

到了入宫觐见的那一天，女孩拿着空空如也的花盆来到宫里，眼见着其他佳丽都取得了不俗的成果——每个姑娘手里都有一朵花，颜色、种类各不相同，一枝更比一枝娇艳。

终于，令人期盼的时刻到来了。王子走了进来，他端详了每一位候选人。审视过所有人之后，他宣布结果，选择老妇人的女儿做他的新娘。

在场的其他姑娘都开始抗议，问他为何选择了所有人里唯一没有种出任何东西的女孩。

王子平静地解释了其中的奥秘。

"只有这个年轻女子培育出的花让她配得上成为一名皇后，因为那是诚实之花。我分发的所有种子都是不孕籽，根本不可能长出任何东西。"

第二次机会

　　我和我的朋友兼文学经纪人莫妮卡一起开车去葡萄牙，在路上我对她说："我一直对《西卜林书》中的故事很着迷，故事讲的是当机会到来的时候一定要抓住它，不然你就会永远失去这个机会。"

　　西比拉是住在古罗马的女先知，她们能够预见未来。有一天，有一位西比拉带着九本书来到了提比里乌斯的宫殿。她声称这些书里记载着罗马帝国的未来，并要求提比里乌斯支付十塔兰同①黄金。提比里乌斯认为这太贵了，拒绝买下这些书。

　　西比拉离开了，她烧毁了其中三本书，带着剩下的六本回

_____

① 古代中东和希腊－罗马世界使用的质量单位。——译者注

到宫殿里。她说："这些依然值十塔兰同黄金。"提比里乌斯笑着把她打发走了。她怎么敢以九本书的价格来卖六本书呢？

西比拉又烧掉了三本书，带着剩下的三本回到提比里乌斯面前。她说道："这些你还得付十塔兰同黄金。"提比里乌斯最终怀着好奇买下了这三本书，但他从中读到的未来只有寸丝半粟了。

当我讲完这个故事的时候，我发现我们正在经过罗德里戈城，靠近西班牙和葡萄牙边界的地方。在那里，四年前，有人想卖给我一本书，但我拒绝了。

"我们在这里停一下吧。我认为今天之所以会突然想起《西卜林书》里的故事，就是为了提醒我要纠正过去那个错误的决定。"

我第一次去欧洲宣传自己的书时，在罗德里戈城吃过一顿午饭。随后，我参观了大教堂，见到了一位牧师。他说："午后阳光下的教堂内部看起来很漂亮，不是吗？"我喜欢他这句话，我们聊了一会儿，他带我参观了教堂的祭坛、回廊和内部花园。最后，他拿了一本他写的关于这座教堂的书给我，但我没买。离开时我觉得很内疚——毕竟我也是一名作者，在欧洲试图推销自己的作品，那我为什么不能由此及彼，买下牧师写的书呢？但随后我就忘记了这件事，直到此刻。

停下车，我和莫妮卡穿过教堂前的广场，广场上有位女士正仰望天空。

"下午好,"我说,"我要找一位牧师,他写过一本关于这座教堂的书。"

"哦,你是说斯塔尼斯劳神父吧。他一年前去世了。"女士回答道。

我感到非常难过。每当我看到有人读我写的书,我都会感到快乐,但为什么我没能给斯塔尼斯劳神父同样的快乐呢?

"他是我认识的最善良的人之一,"这位女士继续说道,"他出生在一个非常贫苦的家庭,后来却成了考古学专家。他还帮助我儿子拿到了上大学的助学金。"

我告诉了她我来这里的原因。

"亲爱的,不要为这样的小事责备自己,"她说,"你再去教堂里转一转吧。"

我觉得这也是冥冥中的安排,于是便照她说的做了。忏悔室里只有一个牧师,他等的信徒没有来。我走向他,他示意我应该跪下,但我说:"不,我不是来忏悔的。我来只是为了买斯塔尼斯劳神父写的一本有关这座教堂的书。"

牧师的眼睛亮了起来。他走出忏悔室,几分钟后他拿着一本书回来了。

"你是为了这本书来到这里的,这真是太好了。"他说道,"我是斯塔尼斯劳神父的哥哥,你的举动让我为弟弟感到自豪。

他现在一定在天堂了，一定很高兴有人如此看重他的作品。"

世上有这么多牧师，我却偏偏遇到了斯塔尼斯劳神父的哥哥。我向他付了书钱，向他致谢，他拥抱了我。

当我转身准备离开时，听到他说："午后阳光下的教堂内部看起来很漂亮，不是吗？"

这和斯塔尼斯劳神父四年前说过的话一模一样。生活总是会给我们第二次机会。

沙漠的眼泪

　　一位从摩洛哥回来的朋友讲述了一个美丽的故事，说的是有一位传教士，一来到马拉喀什就决定每天早上去城外的沙漠散步。他第一次出门散步就看到有个人躺在地上，一只耳朵贴在地上，一只手轻抚着沙子。

　　"他显然是疯了。"传教士暗暗对自己说。

　　但这一幕每天都会重复出现，持续了一个月之后，传教士实在是太好奇这种奇怪的行径了，于是决定去和这个陌生人攀谈几句。传教士跪到那个人身旁，由于他的阿拉伯语还不怎么流利，所以交流起来很艰难。

　　"你在干什么呀？"

　　"我在陪伴沙漠，在它孤独和流泪的时候安慰它。"

"我不知道沙漠也能流眼泪。"

"它每天都在哭泣，因为它梦想着能为人类所用，梦想着自己能变成一座巨大的花园，让人们能在那里种植谷物、花卉，还能在那里放羊。"

"好吧，请你告诉沙漠，它正在履行一项重要的职责。"传教士说，"每当我行走在沙漠中，我就能理解人类真正的尺度，因为沙漠的辽阔让我联想到我们与上帝相比是多么渺小。当看到沙漠里的沙子时，我想象到世上数百万人生来平等——尽管世界并不总是对所有人都公平。沙漠中隆起的沙丘帮助我冥想，当我看到太阳从地平线上升起时，我的灵魂充满了喜悦，我感觉自己更接近造物主了。"

传教士与那个人别过，回到了自己每天的例行公事中。第二天早上，在同一个地方、同一个位置，那个人又出现了。你能想象传教士在那一刻有多吃惊吗？

"你把我说的都告诉沙漠了吗？"

那人点了点头。

"那它还在哭泣吗？"

"我能听到它的每一声啜泣。此刻它的哭泣是因为觉得自己耗费了几千年时间，仍是毫无用处的，它浪费了所有的时间，亵渎了上帝和它自己的命运。"

"好吧，请告诉沙漠，尽管我们人类的寿命要短得多，但我们也会耗费很多时间，认为自己是无用的。我们很少能意识到自己真正的命运，还觉得上帝对我们不公平。当有一刻，一些事情的发生真正向我们揭示了我们来到这世上的原因时，我们却认为现在再去改变我们的生活已经太迟了，于是便选择继续痛苦。就像这沙漠一样，我们为自己浪费的时间而责怪自己。"

"我不知道沙漠是否能听进去这些，"那人说，"它已经习惯了痛苦，已经无法以不同的方式看待事情了。"

"当我感到人们失去了所有的希望时，我就会为他们祈祷。现在，就让我们来祈祷吧。"

两个人跪下来祷告。一个朝向麦加，因为他是穆斯林；另一个双手合十祈祷，因为他是天主教徒。

第二天早晨，当传教士像往常一样去散步时，发现那个人已经不在了。在他曾经拥抱大地的地方，那里的沙子似乎是湿的，一汪泉水正在汩汩冒泡。在接下来的几个月里，泉水越涌越多，城里的居民在那里打了一口井。

贝都因人把这个地方叫作"沙漠泪之井"。他们说，任何人喝了这里的水，都会找到一种方法，将痛苦的根源转化成快乐的动力，并最终找到自己真正的命运。

在蓝山山脉

在我抵达澳大利亚的第二天，出版商带我去了悉尼附近的一个自然公园。在这片被森林覆盖的蓝山山脉公园里，有三个方尖碑形式的岩层。

"这是三姐妹峰。"我的出版商说道。然后她给我讲了下面这个传说。

一位萨满和他的三个女儿外出散步，遇到了当时最著名的勇士，这个勇士走近对他们说："我想娶这三位可爱的姑娘中的一位为妻。"

萨满回答说："如果她们中只有一个人结婚，那其他两个人就会认为自己很丑。我在寻找一个允许勇士娶三个妻子的部落。"说完便离开了。

多年来，萨满踏遍了澳大利亚大陆，却从未找到这样的部落。

这时三姐妹都已经老了，也厌倦了长途跋涉。其中一个姐妹说："原本我们之中至少有一个人能得到幸福的。"

"我错了，"萨满说，"但现在一切都已经太晚了。"

于是他将三姐妹点化成了石头，好让路过的人明白，让一个人得到幸福并不意味着会让其他人不幸福。

成功的滋味

我的伊朗出版商，鲁莽的赫贾齐给我讲了一个故事。说的是有个人在寻求开悟的过程中，决定只穿着平日里的一身便服去攀登一座高山，并准备在那里冥想度过余生。

他很快就意识到，一套换洗衣物是不够的，因为他的衣服很快就脏了。于是他下山，来到最近的村庄，恳求他们再给他一些衣服。因为村民们都知道他是一个灵修之人，所以大家给了他一条新裤子和一件新衣服。

他谢过大家，又回到了他在山顶上建造隐居所的地方。他晚上修墙，白天冥想，饿了就吃树上的水果，渴了就喝附近的泉水。

一个月后，他发现一只老鼠正在蚕食他铺在一边晾晒的备用衣物。由于他只想一心专注于灵修，于是便再次来到村庄，求他们给他弄一只猫。那些村民因为尊重他对精神世界的追求，给他找了一只猫。

七天后，这只猫几乎要饿死了，因为它不能只靠吃水果过活，而且周围已经没有更多的老鼠能让它捕捉了。于是，那人又回村里找牛奶。村民们知道牛奶不是他要喝的，因为他只吃大自然提供的果子，于是他们再一次帮助了他。

猫很快就把牛奶喝完了，那人便去请求村民借给他一头牛。由于奶牛挤出来的奶猫喝不完，于是这个人为免浪费也开始喝牛奶。很快，因为呼吸着山间清朗的空气，吃着新鲜的水果，练习着冥想，又有牛奶喝，还坚持锻炼身体，男子蜕变成了十分健康英俊的模样。一位年轻女子为了寻找一只羊来到山上，爱上了他。她说他需要一位妻子来替他打理家务，让他可以安心专注冥想。而他被说服了。

三年后，这名男子不但结了婚，还有了两个孩子、三头牛和一个果园，经营着一家冥想中心，有许多人排着队来参观他"永葆青春的圣殿"。

当有人问他这一切是如何开始的，他说："我来到这里时只带了两件衣物，在这儿待了两星期之后，有一只老鼠开始啃咬我的其中一件衣服……"

但没有人在意后面发生了什么，因为人们确信，他只是个精明的商人，在试图塑造一个传奇故事，好让他合理地提高"圣殿"的住宿价格。

云和沙丘

布鲁诺·费雷罗写道："众所周知，云的一生忙碌而短暂。"以下便是与这句话相关的一则故事。

一团年轻的云朵诞生在地中海上空的一场大风暴中，但他甚至来不及在当地长大，一股强风就把所有的云都吹向了非洲。

云朵一飘到陆地上空，气候就发生了变化。一轮明艳的骄阳高照在空中，金色的撒哈拉沙漠在云朵们身下绵延铺开。由于沙漠中几乎从不下雨，风继续将云推向南方的森林。

与此同时，就像所有年轻人一样，年轻的云朵决定离开自己的父母和年长的朋友们，去探索这个世界。

"你在干什么？"风朝他大声喊道，"整个沙漠都是一样的。重新回到其他云朵的队伍中吧，我们要前往非洲中部，那里有令人叹为观止的山脉和树木！"

但年轻的云朵是一个天生的叛逆者，拒绝服从。形单影只的他渐渐下沉，直到一股温和而好心的微风出现，使他能继续在金色的沙漠上空盘旋。几番周折之后，他注意到有一个沙丘在对他微笑。

他看到沙丘也很年轻，是风吹过后刚刚形成的。他立刻爱上了她的金发。

"早上好，"云朵说，"你们在下面的生活是什么样的呀？"

"我有其他沙丘、太阳和风的陪伴，偶尔还有商队经过这里。有时天气非常热，但也还可以忍受。你们上面的生活怎么样呀？"

"我们也有太阳和风的陪伴，这里的好处是我可以在空中遨游，看到更多的东西。"

"对我来说，"沙丘说，"生命是短暂的。当风从森林里吹回来的时候，我就会消失。"

"这会让你感到难过吗？"

"这让我感觉生命没有意义。"

"我也有同感。下一阵风吹过时，我就会南下，然后变成雨——但这是我的命运。"

沙丘犹豫了一会儿，又说道："你知道吗，在沙漠里，我们把下雨视作天堂。"

"我可不知道我有这么重要。"云朵自豪地说。

"我听过其他更古老的沙丘讲述关于雨的故事。他们说，下过雨之后，沙丘都会长满青草和鲜花。但我可能永远经历不了这种事情，因为在这个沙漠里，雨实在太罕见了。"

此刻轮到云朵犹豫了。随后他开怀地笑了，说道："如果你想要，我现在就可以为你下雨。我知道我才刚来到这儿，但我爱你，我愿意永远留在这里。"

"当我第一眼见到天上的你，我也已经爱上了你，"沙丘说，"但如果把你可爱的白发变成雨水，你会死的。"

"爱不会死去，"沙丘说，"它只是改变了形态，而且，我想让你看到天堂的样子。"

于是，云朵开始用小雨滴轻抚沙丘，这样他们相处的时间就可以更久一点，直到一道彩虹出现。

第二天，小沙丘上长满了鲜花。其他前往非洲的云经过这里，认为这一定就是他们在寻找的森林的一部分，于是洒下更多雨水。二十年后，沙丘变成了一片绿洲，茂密的树荫让旅行者们能在这里歇脚。

而这一切，都是因为有一天，有一朵云坠入了爱河，并不惜为这份爱付出生命。

在战火中

电影制作人鲁伊·格拉给我讲了一个故事。

某天晚上,他在莫桑比克内陆的一座房子里跟朋友们聊天。这个国家正处于战火之中,所以从汽油到电灯用的电,一切都供应不足。

为了打发时间,大家开始谈论各自都想吃什么。每个人都描述了自己最喜欢的食物,轮到鲁伊的时候,他说:"我想吃一个苹果。"但他当然知道,由于食物全靠配给,所以根本不可能找到任何水果。

就在那一刻,他们听到了一记响声,一个美丽到闪着光的苹果滚进了房间,停在他的面前!

后来,鲁伊发现是邻居有个女孩那天去黑市上买了水果。

她爬楼梯时绊了一下，摔倒了，装着苹果的袋子破了，于是便有一个苹果滚进了房间。

这仅仅是一个巧合吗？光用"巧合"这个词怕是不足以诠释这个故事吧。

神的预兆

萨贝丽塔给我讲了下面这个故事。

一个目不识丁的阿拉伯老人每晚祈祷的时候都格外激情澎湃，以至于富有的大篷车主人决定召唤他来聊一聊。

"你为什么祈祷得如此虔诚呢？你甚至都不识字，你如何知道上帝是存在的呢？"

"我当然知道，先生。我能读懂伟大的天父所写的一切。"

"你是怎么办到的呢？"

卑微的仆人给出了他的解释。

"当你收到一封远方的来信时，你如何知道这封信是谁写的呢？"

"根据笔迹呀。"

"当你收到一件珠宝时，你如何知道它出自谁人之手呢？"

"根据金匠的标记呀。"

"当你听到有动物在帐篷附近走动时，你怎么知道那是羊、是马，还是牛呢？"

"看它的脚印呀。"主人回答，对这些问题感到莫名其妙。

老人请主人和自己一起来到室外，指了指头顶的天空。

"你看，无论是这片蓝天，还是下面这片沙漠，都不可能是出自人类之手啊！"

谁想要这张二十美元的钞票

卡桑·萨义德·阿米尔讲述了一个故事。

有一位讲师，在一堂研讨课开始之前，举着一张二十美元的钞票问大家："谁想要这张二十美元的钞票？"

台下举起了几只手，但讲师说："在我把钱给你们之前，我还有一些事要做。"

他先是把这张钞票揉成了一团，问道："谁还想要这张钞票？"

还是有不少人举手。

"如果这样呢？"

他将那团皱巴巴的钞票往墙上扔，往地板上扔，蹂躏它，践踏它。然后他再一次向大家展示了这张钞票——它已经完全皱巴了，脏兮兮的。讲师又重复了一遍那个问题，台下依然有人举手。

"永远不要忘记这一幕，"他说，"我对这张钞票做了什么并不重要，它仍然是一张二十美元的钞票。在生活中，我们经常被揉搓、践踏、欺负、侮辱，尽管如此，我们自身的价值不会改变。"

两颗宝石

来自西班牙布尔戈斯的熙笃会修士马科斯·加里亚说过：

"有时候，上帝会从某人身上收回某种祝福，这样这个人就能意识到，神不只是人乞求帮助和许愿的对象。上帝知道灵魂考验的底线在哪里，他永远不会超越那条线。遇到这样的时刻，我们绝不能说：'上帝抛弃了我。'因为他永远不会那么做——即便有时反倒是我们会抛弃他。如果上帝给我们设置了一个巨大的考验，他也会给我们足够——甚至在我看来绰绰有余的恩典，让我们能通过考验。"

对此，我的一位读者卡米拉·加洛·皮瓦给我寄来了一个有趣的故事，题为《两颗宝石》。

话说有一位非常虔诚的拉比，他与家人——一位可敬的妻子和他们心爱的两个儿子——幸福地生活在一起。有一次，这位拉比出于工作原因不得不离家几天。在此期间，他的两个孩子却在一起可怕的车祸中丧生了。

母亲独自默默承受着痛苦。然而，她是一个坚强的女人，她对上帝的信仰支撑着她，让她在面对打击的时候保持着尊严和勇气。但她要如何将这个悲惨的消息告诉她的丈夫呢？虽然他的信念同样坚定，但他以前就曾因心脏问题被送进医院，妻子担心这一噩耗会夺走丈夫的生命。

她所能做的就是向上帝祈祷，请上帝告诉她怎么做才最合适。在她丈夫回家前的那一晚，她苦苦祷告，终于得到了答案。

第二天，拉比回到家里，拥抱了妻子，并问起了孩子们。女人告诉他，先不要担心他们，她让丈夫先洗个澡休息一下。

过了一会儿，他们坐下来吃午饭。她问了丈夫旅途中的情况，丈夫把遇到的所有事情都告诉了她。他谈到了上帝的怜悯，随后又问起了孩子们。

妻子略显尴尬地回答道："别担心孩子们。孩子们的事稍后再说。首先，我现在需要你的帮助，来解决一个我认为非常严重的问题。"

她的丈夫焦急地问道："发生了什么事？我早就觉得你看起来很苦恼。快告诉我你的问题，我相信，在上帝的帮助下，我们可以一起解决任何问题。"

"你不在的时候，我们的一个朋友来看我们，留下了两颗价值无法估量的宝石让我照看。它们真是惹人喜爱的珍宝！我以前从未见过如此美丽的东西。后来，他想把宝石拿回去，但我不想还给他。我已经对它们爱不释手了。我该怎么办？"

　　"我完全不能理解你的行为！你从来不是一个贪慕虚荣的女人啊！"

　　"只是我以前从未见过这样的宝贝！一想到要永远失去它们，我就觉得受不了。"

　　拉比坚定地说："任何人都无法失去他们不曾拥有的东西。留下这些宝石无异于偷窃。我们要把它们还回去，我会帮助你填补失去它们的悲伤。我们今天就一起去做这件事。"

　　"如你所愿，我的爱人。那两颗宝石确实要被归还。事实上，那珍宝已经物归原主了。这两颗珍贵的宝石就是我们的两个儿子。真主把他们交给我们照料，在你离开家的日子里，他把他们带回去了。他们已经走了。"

　　拉比明白了。他拥抱了自己的妻子，二人垂泪相对。他已经理解了这件事，从那天起，他们一起努力承受丧子之痛。

自我欺骗

人类存在一种天性，批判别人的时候总是非常严厉，而当风向对自己不利的时候，总能为自己的错误找到借口，又或是为自己的过错责备他人。下面这则故事可以诠释我的想法。

一位信使被派往一座遥远的城市执行一项紧要任务。他给马套上马鞍，疾驰而去。在经过几家喂马、喂骡子的客栈时，马儿想："我并没有停下来在马厩里吃饭，这意味着我没有像马匹一样被对待。我要被当作一个人来对待了。我会像所有其他人类一样，到下一个大城市才能吃饭。"

但他们飞驰过一个个大城市，信使依旧在赶路。马儿又开始想："也许我根本没有变成人，而是变成了天使，因为天使不需要吃饭。"

最后，他们到达了目的地，马儿被带去了马厩。一到那里，它便贪婪地咀嚼起身边的干草。

"为什么仅仅因为没有按照自己的预期发展，就认为事情发生了变化呢？"马儿自言自语道，"我不是一个人，也不是什么天使。我只是一匹饥饿的马。"

聪明的职员

在非洲的一个空军基地，作家安托万·德·圣－埃克苏佩里在向朋友们筹措资金，想帮助一名想要回到家乡的摩洛哥职员。最后他募集到了一千法郎。

其中一名飞行员将这位摩洛哥人带回了卡萨布兰卡。返回后，飞行员描述了在当地发生的事情。

"他一到那儿，就去最好的餐厅吃晚饭，给小费也慷慨，到处点饮料，给村里的孩子们买洋娃娃。这个人完全不知道该如何看好自己的钱。"

"恰恰相反，"圣－埃克苏佩里说，"他知道人情是世界上最好的投资。通过这样豪爽的消费，他成功赢得了同乡的尊重，最后他们应该还会给他提供一份工作。毕竟，只有成功者才能如此慷慨。"

当恶欲为善

　　一天,波斯诗人鲁米——欧姆米亚王朝的第一位哈里发——正在他的宫殿里睡觉,突然被一个陌生的男人吵醒了。

　　"你是谁?"他问道。

　　"我是路西法。"来者答道。

　　"你想干什么?"

　　"现在是祷告的时间,你却还在睡觉。"

　　鲁米很吃惊。路西法明明是黑暗王子,他总在寻找信仰薄弱的灵魂,为何还会提醒他履行宗教义务呢?

　　"记住,"路西法解释道,"我是以光明天使的身份长大的。不管后来我身上发生了什么,我都不能忘记自己的出身。就像一个人可以去罗马或耶路撒冷旅行,但他总会把自己国家的价值观铭记在心。我也是一样。我仍然爱造物主，他在我年轻时滋养过我，教会我行善。当我背叛他时，并不是因为我不爱他了；相反，我非常爱他，以至于当他创造出亚当时，我感到嫉妒。那一刻，我想违抗造物主，这就是我的堕落。尽管如此，我仍然记得自己被赐予的祝福，并希望：也许，通过行善，有一天我能回到天堂。"

鲁米应道："我真不敢相信你所说的。要知道，世界上许多人的毁灭都要归因于你啊！"

"但你应该相信，"路西法坚持说道，"只有造物主才能建造和毁灭，因为他是全能的。当他创造人的时候，他也创造了欲望、复仇、悲悯和恐惧，作为生命的一部分。所以，当你看到周围的邪恶时，不要责怪我。我只是一面镜子，映射出了那些发生的坏事。"

鲁米坚信是哪里出了问题，于是他开始拼命祈祷，希望得到开示。他整晚都在和路西法交谈和争论。然而，尽管鲁米听到了路西法精彩的论点，但他仍然不服气。

天亮了，路西法终于让步了，他说："好吧，你说得对。当我昨天来唤醒你，让你不至于错过祷告的时间时，我的意图并不是想让你更接近圣光，而是因为我知道，如果你没有履行祷告的义务，你会感到非常难过，在接下来的几天里，你会用双倍的诚意祈祷，请求神原谅你忘记了祷告的时间。在神眼中，这每一次充满爱和忏悔的祈祷都相当于两百次普通的、机械式的祷告。最终你会变得更纯净、更有灵性，神也会更爱你，而我就会离你的灵魂更远。"

说完，路西法就消失了，取而代之的是一位光明天使。

"永远不要忘记今天的教训。"天使对鲁米说，"有时邪恶会伪装成善良的使者，但它的真正意图是造成更多的破坏。"

在那一天，以及随后的日子里，鲁米怀着忏悔、悲悯和信念祈祷。他的祈祷被神听了千万遍。

第二章

和每一棵树握手

磨坊里的一天

　　我目前的生活就像是一首交响乐，它由三个不同的乐章组成："很多人""一些人"和"几乎没有人"。每一个乐章都会持续大约四个月，尽管在某一个月份里三者会交错出现一下，但它们之间永远都不会相互混淆。

　　"很多人"是我要与大众、出版商和记者们打交道的日子。当我回到巴西时，时而和老朋友们见面，时而沿着科帕卡巴纳沙滩漫步，偶尔出席社交活动，但大多数时间都待在家里。这种时候就是"一些人"乐章。

　　不过，我今天更想浅谈一下"几乎没有人"乐章。此时此刻，在比利牛斯山上这个只有两百多户居民的村庄里，夜幕已经降临。且容我暂且隐去这个村庄的具体位置，不久前我刚在这里置办了一间由磨坊改造的宅子。在这里，我每天早上闻鸡而起，吃过早饭之后就去附近散步，身边有牛羊同行，地里长着玉米，田里堆着干草。我望向远处的群山，将"很多人"乐章中自己的身份抛到了脑后。我不会去想自己是谁。我既没有问题，也没有答案，完全安住在当下，能感知一年中四季的变化（我知道这似乎显而易见，但我们有时就是会忘记）。当身边的田园风光随时节变化时，我也在脱胎换骨。

在这一刻，我不再关心伊拉克或阿富汗的局势，而是像其他生活在这里的人一样，把天气预报看作最重要的新闻。住在这个小村庄里的每一个人都知道今天会不会下雨，天气会不会很冷，风会不会很大，因为这直接影响到他们的生活、他们的作物，还有他们的收成。我看到一位农夫在地里干活儿。我们互致早安，预估了一下今天的天气，随后便继续各忙各的：他接着犁地，我继续我漫长的散步。

我回到家中，发现信箱里躺着一份当地的报纸，其中报道了邻村的舞会，在塔布市（那是附近最大的城市，拥有四万居民）的一个酒吧里发表的一场演讲，还有昨晚一个着火的垃圾桶惊动了本地的消防队。目前在本地区引起注意的一则新闻是一伙人因为将一位摩托车手的意外身亡归咎于路边的梧桐树，进而将整排梧桐树都砍倒了。这则新闻占据了一整页版面，而有关这个想要通过砍树来为机车男孩报仇的"秘密团体"的故事更是连载了好几天。

我躺在流经磨坊的小溪边，抬头仰望万里无云的天空。这是一个可怕的夏天，仅在法国就有五千人死于热浪。我起身去练习弓道，这是一种借由射箭进行冥想的练习形式。然后就到午餐时间了。我简单吃了一点，然后走进了老房子的其中一间屋子。突然，我留意到了一个奇怪的物体，那是一个屏幕，还有一个键盘，更神奇的是，它还连着一根高速数字用户线。那一刻，我知道只要我按下机器上的按钮，世界就会平铺在我面前。

我尽力反抗了许久，但该来的还是来了。我的手指按下了启动键，我又一次与世界联通了——巴西当地的报纸、书籍，将要进行的采访，有关伊拉克和阿富汗的新闻，别人发来的各种请求，还有一份通知说我的机票明天就会寄到了：有的事需要被推迟，有的事需要做出决定。

我工作了几个小时，因为这是我自己的选择，我撰写的是自己的传奇，一个光之勇士知道自己的责任和义务。不过在"几乎没有人"的乐章里，电脑屏幕上的一切仿佛都离我十分遥远——正如当我进入"很多人"和"一些人"的乐章时，这里的磨坊也好像梦境一般。

夕阳正在西沉。我再次关上了电脑，世界又回到了身边的乡村——那青草的气味、牛的叫声、牧羊人把羊赶回磨坊边的围栏里的声音。

我问自己：我怎么能在一天里出入两个如此不同的世界呢？我没有答案，但我知道这种体验给了我许多喜悦，而我在写下这些文字的时候也很快乐。

准备好战斗，但要带着质疑

我穿着一身奇怪的绿色套装，上面满是拉链，这套衣服的面料非常结实。我还戴着手套，以避免割伤或划伤。我拿着一支像矛一样的工具，它几乎有我一人高，一头有三个叉子齿，另一头则是锋利的尖端。

我的攻击目标就在我的面前：花园。

我手里拿着矛，开始清除草坪上的杂草。我的攻势持续了一段时间，我知道被我挖起的每一株植物都会在两天内死去。

突然，我问自己：我这么做是对的吗？

我们眼中的"杂草"其实是某个物种为生存所做出的努力，那是大自然耗费了数百万年时间才创造和演化出来的物种。花的受精要依靠不计其数的昆虫；再变成种子，由风吹散在周围的田野上；正因为风把种子带到了更多更广阔的地方，所以它们熬过冬天的机会也就增加了。如果种子集中在一个地方，就容易全都被动物吃掉、被洪水淹没、被山火烧毁，又或是遭遇干旱。

但这一切为生存所做的努力都被一支长矛斩断了，它正无情地从土壤中刨出植物。

我为什么要这么做呢？

有人缔造了这个花园。我不知道那是谁，因为我买房子的时候，花园就已经在那儿了，与周围的山和树相映成趣。花园的缔造者一定是深思熟虑了很长时间，精心地进行了种植和规划（例如，花园里有一条林荫道，刚好遮蔽了我们用来存放柴火的小屋），并在无数个春夏秋冬里给了它悉心的照料。当我搬进这个旧磨坊时（我每年都会在这儿待上几个月），这里的草坪是完美无瑕的。现在则由我来继续这项工作，尽管哲学问题仍然存在：我是应该尊重这个花园的缔造者及园丁的工作呢，还是应该接受大自然赋予这种植物的生存本能——虽然它们现在被我称为"杂草"？

我继续刨出这些"多余"的植物，把它们垒成一堆，准备一会儿就烧掉。或许是我太矫情了，有些事本就无需细想，只需要动手操作。但是，人类的一举一动都是有灵性的，是会引发连锁反应的，所以我更愿意三思而后行。

一方面，这些植物有权在任何地方生根发芽；另一方面，如果我现在不摧毁它们，它们最终会毁掉这块草坪。在《新约》

中，耶稣谈到过要区分小麦和毒麦。

但是，不管有没有《圣经》的理论支持，我都要面对一个一直困扰着人类的实际问题：我们究竟应该在多大程度上干预自然？这种干预必定是消极的吗，或者偶尔也可能是积极的吗？

我放下了我的武器，也就是那把除草铁耙。每一把都意味着一个生命的终结，意味着本应在春天绽放的花朵被剥夺了生的权利——这就是人类的傲慢，不断试图塑造自己周围的自然景观。我需要更多地思考这个问题，因为此时此刻，我手握着生杀大权。草坪似乎在说："如果你不保护我，杂草就会把我毁掉。"杂草也在对我说："我跨过千山万水才来到你的花园，你为什么要杀我？"

最后，是印度教经文《薄伽梵歌》帮助了我。我想起了诗歌中奎师那给战士阿周那的指点，当时阿周那面对一场决定性的战斗却无心应战，他放下武器，说参加一场最终会杀死自己兄弟的战斗是不对的。奎师那对他说："你真的认为你能杀死任何人吗？你的手就是我的手，历史已经写成，你要做的一切都注定会被完成。杀戮的不是你，死去的也不是他们。"

在这段回忆的鼓舞下，我再次拿起我的长矛，攻击未被邀请就在我的花园里生长的野草。至此，今天早上我也得到了一个教训：如果我的灵魂中长出一些不受欢迎的东西，我请求上帝给我同样的勇气，毫不留情地把它连根拔除。

学位的重要性

　　我住的老磨坊在法国的一个小村庄里，有一排树木将它与隔壁的农场隔开。前几天，我的邻居来看我。他看上去已经年过七旬了。我有时还会见到他和妻子在地里干活，我常想他们也该歇歇了。

　　我的邻居是个非常和蔼可亲的人，但他说我家的树叶子掉在了他家的屋顶上，所以我应该把那棵树砍倒。

　　这让我非常震惊。一个一辈子都在和大自然打交道的人，怎么会要求我去破坏那些经年累月才长成的树木呢——仅仅是因为落叶可能会在积攒了十年之后给他家的屋顶带来麻烦？

　　我请他进来喝杯咖啡。我说我会全权负责的，如果有一天，这些树叶真的对他的屋顶造成了什么损坏，我将为他买一个新屋顶——尽管我相信风一吹过，夏天一来，这些叶子肯定会被一扫而空。邻居说他对我的提议完全不感兴趣。他一定要我砍倒那些树。这让我有一点生气了，我说我宁愿买下他的农场也不愿意砍树。

"我的土地恕不出售。"邻居说。

"但有了这笔钱，你可以在城里买一栋漂亮的房子，和妻子在那里度过余生，再也不用面对严冬和歉收了。"

"我的农场不出售。我生在这里，长在这里，我太老了，挪不动了。"

他建议我们去镇上找一位专家来评估情况并给出定论——这样，我俩都不用剑拔弩张地怒对彼此了。毕竟我们还是邻居。

当他离开时，我的第一反应是给他贴上了麻木不仁、对地球母亲缺乏尊重的标签。然后我感到好奇：他为什么不愿意出售自己的土地呢？后来我意识到那是因为他的生活是一个单一的故事，而我的邻居并不想改变这个局面。搬去城里意味着要进入一个有着不同价值观的未知世界，也许他认为自己太老了，无法再学习适应了。

在这件事上我的邻居是一个特例吗？不，我想每个人都会这样的。有时，我们甚至会拒绝一些极好的机会，只因为我们太过于执着自己的生活方式而不知道该如何应对新的局面。就像对我的邻居而言，他的农场和这个村庄是他唯一熟悉的地方，他没有必要冒任何风险离开这里。对于住在城里的人来说，他们都认为自己必须拥有大学学位、结婚、生孩子，并确保自己的孩子也能获得学位，如此等等。没有人会问自己："我还能做些什么不同的事吗？"

我记得我的理发师夜以继日地拼命工作，就是为了让他女儿能修完社会学学位。到她终于毕业时，她四处求职，最后才在一家水泥厂找到了一份秘书的工作。然而，我的理发师依然非常自豪地说："我女儿有学位了。"

我的大多数朋友和我朋友的大多数孩子都拥有学位，但这并不意味着他们能找到自己想要的工作。全然不是这样。他们去上大学，是因为有人在上大学还很重要的年代说过，要想在世界上崛起，你就一定要有个学位。于是，世界因此失去了一些优秀的园丁、面包师、古董商、雕刻家和作家。或许现在是时候重新审时度势了。要做医生、工程师、科学家和律师的话，确实需要上大学，但每个人都需要吗？我想用罗伯特·弗罗斯特的这些诗句来给出答案：

树林里两条岔路分立，
我选了人迹更少的那条，
收获了迥然不同的旅途。

说回我邻居的故事。后来专家来了，让我吃惊的是，专家向我们展示了法国的一项法律条文，其中规定任何一棵树都必须与其他房产保持至少三米的距离。我的树距离邻居的房子只有两米，所以我必须把它们都砍掉。

看看别人的花园

阿拉伯有一句谚语："就算你给傻瓜一千种智慧，他也只想要你拥有的那一种。"当我们开始拾掇自家的花园时，突然瞥见我们的邻居正在从旁窥视我们。他并没种出任何东西来，却老喜欢给我们各类忠告，比如什么时候该播种啦，什么时候该施肥啦，什么时候该浇水啦，等等。

如果我们听从这位邻居的指点，到头来我们就变成在为他干活儿了，我们的花园也会变成邻居想要的样子。最终我们会忘记自己用多少汗水耕耘了土地，用多少祝福进行播种和施肥。我们会忘记，地球上每一寸土地都有它的奥秘，只有靠园丁勤劳耐心的双手才能破解。我们将不再关注太阳、雨水和季节的变化，因为我们把注意力都放在了那个跨过篱笆窥视着我们的脑袋上。

　　那个喜欢给我们的花园出主意的傻瓜从来都不会去照顾自己的植物。

⚮潘多拉之盒

一个早上的时间，我接收到了三条来自世界上不同角落却彼此呼应的消息。记者劳罗·贾迪姆发来了一封电子邮件，要确认一条注解中有关我的一些情况，顺便提及了里约热内卢的贫民窟罗西尼亚的状况。我妻子刚刚在法国降落就打来电话。她刚带着我们的一对友人去完巴西，本想着带他们认识一下这个国家，结果却让这对夫妇感到既害怕又失望。最后，俄罗斯电视台的一位记者来采访我，问巴西在1980年至2000年间有五十多万人被谋杀，是否属实。

我说：这当然不是真的。

然后他给我看了来自"巴西的一个机构"（后证实是巴西国家地理与统计局）的统计数据。

我沉默了。发生在我的祖国的暴力事件已经跨越了大洋和高山，到达了我所在的中亚地区。我能说什么呢？

　　光说是不够的，因为没有转化为行动的语言会像威廉·布莱克所说的那样——"滋生瘟疫"。所以，我也要尽我的微薄之力。我与两位有侠义情怀的女性——伊莎贝拉和尤兰达·马尔塔罗利一道，建立了我自己的机构，旨在向来自帕瓦奥－帕沃西尼贫民窟的三百六十名儿童提供教育、关怀和爱。我知道，此时此刻，成千上万的巴西人正在做的比这要多得多：他们默默地努力着，没有政府的帮助，也没有来自私企的资助，他们的付出只是为了抵御最可怕的敌人——绝望。

　　我过去总是认为，只要每个人都发挥自己的作用，事情总能有转机。但今晚，当我眺望着远方与中国交界处千里冰封的雪山时，心中对此产生了怀疑。也许，就算每个人都尽了自己的一份力，"我们终究无法与暴力抗衡"——就像我小时候被教育的那样。

　　我又看了看月光照耀下的群山。面对武力真的没有争辩的机会吗？像所有巴西人一样，我尝试过，努力过，挣扎着想要相信自己国家的局势总有一天会有所好转。但随着时间的推移，事情似乎越来越复杂，无论谁当总统，哪个政党掌权，不管他们的经济计划是什么，一切都未曾改变——甚至可能就算没有总统、没有执政党、没有经济计划，也是一样。

我目睹过世界一些地方的暴力事件。我记得有一次，在黎巴嫩爆发毁灭性的战争后不久，我和一位朋友索拉·萨阿德走在贝鲁特的废墟中。她告诉我，这已经是她的城市第七次被摧毁了。我问："那大家为什么不放弃重建，移居到别的地方去呢？""因为这是我们的城市，"她回答道，"这里埋葬着我们的祖先，对这片土地不敬的人将会永世受到诅咒。"

对国家不敬的人也是在给自己抹黑。在一个经典的希腊创世神话中，宙斯因为普罗米修斯盗取火种赐予凡人而大发雷霆，于是派潘多拉去嫁给普罗米修斯的弟弟埃庇米修斯。宙斯给了潘多拉一个盒子，但不允许她打开。然而，正如神话中的夏娃一样，潘多拉的好奇心占了上风。她打开了盒盖，想看看里面装着什么。那一刻，世间所有的邪恶都飞了出来，四散在地球上。只留了一样东西在盒子里：希望。

因此，尽管实际上一切都事与愿违，尽管我感到悲伤和无力，尽管现在我也几乎确信事情不会再有什么转机了，但我不能失去支撑我活下去的唯一动力：希望——尽管这个词被伪知识分子讽刺地看作"欺骗"的同义词；尽管这个词在政府的操纵下，成了他们明知不会兑现却去随意做出的承诺，结果给人们的心灵造成了更多创伤。这个词常常在清晨从人们心中升起，随着时间的推移渐渐被摧毁，在夜幕降临时幻灭，但又随着新一天的到来重获新生。

是的，如那句俗语所说："你无法与暴力抗辩。"但也有另一句俗语："有生命的地方，就有希望。"当我眺望中国边境上白雪皑皑的群山时，我选择坚信后者。

教堂传来的乐声

在我生日那天，宇宙送了我一份礼物，在此我想与我的读者们分享。

在法国西南部小镇阿泽雷克斯附近的一片森林里，有一座植被茂密的小山丘。这个夏天气温接近四十摄氏度，有将近五千人因酷暑死在医院里。我和妻子看着几乎被干旱摧毁的玉米地，都不想再迈步。但我对妻子说："有一次，我把你送去机场之后决定独自探索一下这片森林，我找到了一条非常优美的小径。你想让我带你去看看吗？"

走着走着，我的妻子克里斯蒂娜看到树林中有一个白色的东西，她问那是什么。

"那是一座修道院。"我说，并告诉她那条小径刚好从修道院门前经过，但我上次来的时候修道院的门关着。我俩在山川田野间住惯了，我们相信上帝无处不在，没必要非得走进一座人造的建筑去寻找他不可。但在一次次远足中，我们常常一边倾听大自然的声音，一边渐渐领悟无形的世界总能显现在有形的世界中，同时默默祈祷着。爬了半个小时山之后，修道院出现在了我们面前，我们心中又出现了那些寻常的问题——这是谁建造的呢？为了什么而建造的？是为了纪念哪位圣人吗？

当我们走近时，听到了音乐和歌唱，那个声音似乎让我们周围的空气充满了欢乐。"上一次我来的时候，都没听到有人大声说话。"我心想。在一条人迹罕至的小径上，怎么会有人演奏音乐来吸引游客呢？

不过这一次，修道院的大门敞开着。我们走进去，就像进入了一个不同的世界：晨光照亮了教堂；圣坛上挂着《始孕无玷》图；室内摆放着三排长椅；在一个角落里，有一位约莫二十岁的年轻女子正陶醉地弹着吉他，唱着歌，眼睛紧盯着眼前的画像。

我点燃了三支蜡烛——每当走进一座没到过的教堂时，我都会点上三支蜡烛，一支为自己，一支为朋友和读者，一支为我的作品。我回过头，那位年轻女子也注意到了我俩，但她只是浅浅致以微笑，又继续投入到自己的音乐中。

那一刻仿佛天堂从天而降。这位年轻女子似乎明白我心里在想什么，她时而在音乐间留白，停顿片刻默念祈祷。

我意识到自己正在经历一个终生难忘的时刻，这种感觉往往在我们经历过奇妙的瞬间之后才会有所觉知。我完全沉浸在当下，不关心过去，也不在意未来，只是享受这个早晨、这音乐、这甜美的瞬间和意外收获的祈祷。我进入了一种崇敬和喜乐的状态，对生命充满感激。我流了很多眼泪，在经历了一个近乎永恒的时刻之后，那位年轻女子停止了弹奏。我和妻子起身对她表示感谢。我说我想送她一份礼物，感谢她在那个早晨为我的灵魂注入了平和。她说她每天早上都会来这儿，这是她祈祷的方式。我坚持说想要给她一份礼物。她犹豫了一下，但最后还是给了我一座女修道院的地址。

第二天，我给她寄了一本书。不久之后，我收到了一封回信，她在信中说，那天她离开修道院时，心中充满了喜悦，因为那天来到修道院的那对夫妇分享了她的礼拜，也分享了生命的奇迹。

在那座质朴的小教堂里，在年轻女子的歌声中，在照耀万物的晨光中，我再次体会到，上帝的伟大总会在普通的事物中显现出来。

穿睡衣的死者

我在一份互联网电子报刊上读到一则新闻：2004 年 6 月 10
日，东京发现一名身穿睡衣的男性死者。

在我迄今为止的认知里，我认为大多数穿着睡衣死去的人，
要么（a）是在睡梦中离世的，这在某种程度上也算是一种好
命；要么（b）就是在家人的陪伴下躺在病床上离世，在这种情
况下死亡肯定不是突然降临的，他们有时间迎接这位"不速之
客"——这是巴西诗人曼努埃尔·班德拉对死神的昵称。

新闻报道里说，男子死在了自己的卧室里。这剔除了在病
榻上离世的假设，那就只剩下在睡梦中去世的可能性，没有痛
苦，入睡前甚至没有意识到自己将无法活着看到第二天的晨曦。

还有另一种可能性：他可能是遭遇了袭击，被人杀害的。

然而，任何了解东京的人都知道，尽管它是一座巨大的城市，但它也是世界上最安全的地方之一。我记得有一次我和日本的出版商开车前往日本内陆，途中我们停下车准备吃顿饭再赶路。我们所有的行李都放在汽车后座上。我立即指出这样很危险：一定会有人经过，看到我们的行李，然后砸窗偷走我们的衣服、文件和其他物品。我的出版商笑了笑，告诉我不必担心，他一辈子都没见过这样的事情发生。后来，事实证明我们的行李确实安然无恙，但我整餐饭都吃得担惊受怕的。

让我们回到身穿睡衣的死者身上。报道说现场没有任何争斗或暴力的痕迹。东京警察局的一名官员在接受该报采访时表示，几乎可以断定，该名男子死于突发心脏病。所以，我们也可以排除他杀这一假说了。

这具尸体是由一家建筑公司的员工在一栋即将被拆除的住宅楼二楼发现的。一切细节都让我们联想到，这位身穿睡衣的死者，在世界上人口最稠密、物价最昂贵的城市之一中找不到住处，于是决定住在一栋不需要付租金的大楼里。

接下来就是故事中悲剧的部分了。我们的这位死者其实是一具穿着睡衣的骷髅。在他旁边，摊放着一份 1984 年 2 月 20 日的报纸。旁边一张桌子上的台历也显示着同一天。

他已经过世二十年了。

没有人留意到他的离世。

该男子后被证实曾受雇于建设这个住宅区的公司，他在 20 世纪 80 年代初离婚后就搬到这里来居住了。他读着报纸突然离世时不过五十岁出头。

他的前妻从未试图与他联系。记者们走访了他效力过的公司，发现住宅区刚完工，那家公司就破产了，因为他们一套公寓也没卖出去——这也就解释了为什么当时这个人没去上班也没人觉得奇怪。记者们又追查了他的朋友，原来男子向他们借了钱，所以他们将他的失踪归咎于无力偿还债务。

新闻报道最后说，这名男子的骨灰已交还给前妻。当我读完这篇文章时，一直在琢磨最后那句话：他前妻还活着。但二十年来，她从未试过联系他。她心里会是怎么想的呢？他不再爱她了，所以决定永远把她从他的生活中剔除掉？他遇到了另一个女人然后消失了？这就是离婚诉讼结束后生活的样子，一旦法律上这段关系终结了，就没有必要再来往了吗？我试图想象着当女人得知和自己共度大半生的前夫最终遭遇的命运时，她会有什么感受。

随后，我又想了想那个穿着睡衣的死者，想到了他彻底与世隔绝的生活——二十年来，世界上没有人注意到他消失了。我得出的结论只能是：比饥饿、口渴、失业、情场失意或遭遇失败、绝望还要糟糕一万倍的，是感觉没有人关心自己，一个人也没有。

让我们为那个人默默祈祷，感谢他让我们意识到朋友是多么重要。

一物如何承载万物

我们在一位出生于圣保罗、定居在纽约的画家的宅中相聚。当时我们正在谈论天使和炼金术。在某一点上，我正试图向其他客人解释炼金术中的一个观点，即我们每个人都承载着整个宇宙，因此我们都要对宇宙的福祉负责。我一时找不到合适的辞藻，无法想出一个形象的画面来诠释我的观点。

那位画家一直在旁静静聆听，这时他突然请每个人都向他画室的窗外看。

"你们能看到什么？"他问道。

"格林威治村的一条街。"有人回答。

随后，画家在窗户上贴了一张纸，这样大家就看不到街道了。接着，他用小刀在纸上裁出了一个小小的正方形。

"如果有人从这个洞里望出去，他会看到什么呢？"

"还是同一条街道。"众人回答道。

画家又在纸上裁出了几个方块。

他说："就像每个洞都框着同一条街道的全景一样，我们每个人的灵魂都承载着同一个宇宙。"

他的这个绝妙诠释引来了在场所有人的喝彩。

在我去芝加哥书展的路上

我坐飞机从纽约去往芝加哥，参加美国书商协会举办的书展。突然，一个年轻人站到过道上，宣布："我需要十二名乐意帮忙带一朵玫瑰花下飞机的志愿者。"

有好些人举了手。我也举手了，但没有被选中。

尽管如此，我还是决定在下飞机后跟着这些人。飞机着陆后，那个年轻人在奥黑尔国际机场的入境大厅里指了指一位年轻的女子。于是乘客中的志愿者们一个接一个地向她献上手中的玫瑰花。最后，年轻人当着大家的面向女子求了婚，女子接受了。

一位空乘人员对我说："我在这个机场里工作了许多年，这是此地发生过的最浪漫的事。"

我的葬礼

《星期日邮报》的记者来到我在伦敦住的酒店，问了一个很直白的问题："如果今天您死了，您想要什么样的葬礼？"

事实上，自从 1986 年走完西班牙朝圣之路之后，关于死亡的思考每天都萦绕在我心头。在那之前，我很怕去想象有一天一切都会结束。但在朝圣路上的某一个阶段，我参与了一场仪式，体验了被活埋的感觉。那次经历带来的体验是如此强劲，我的恐惧被一扫而空，在那之后我一直把死亡视作每天常伴我左右的伙伴。它会对我说："总有一天我会把你带走，但你并不知道那会是何时。所以，尽你所能积极地生活吧。"

正因如此，凡是能在今天完成或体验的事，我绝不会留到明天——包括享乐、工作，以及向可能被我冒犯的人道歉。我会把每一个"当下"都看作自己生命的最后一刻。

记忆中，我曾多次闻到死亡的气味：

比如，远在1974年的一天，在里约热内卢的弗拉门戈公园，我乘坐的出租车被另一辆车拦住了去路，从车上跳下一群手拿武器的准军事组织成员，他们往我头上套了个头套。尽管他们向我保证不会伤害我，但我确信自己很快就会成为军政府口中的又一名"失踪者"。

还有1989年8月，我在攀登比利牛斯山时迷路了。我环顾四周没有积雪和植被的山路，感觉自己没力气走回去了，最后我得出的结论是：我的尸体怕是要到第二年夏天才会被人发现。但最后，在兜兜转转走了几个小时后，我终于找到了一条小路，它把我带到了一个偏远的村庄。

《星期日邮报》的记者坚持追问："但在您的想象中，您的葬礼会是什么样的呢？"其实，如果完全遵照我的意愿，那就不会有什么葬礼。我决定要火化自己的遗体，妻子会把我的骨灰撒在西班牙一个叫艾尔塞布列罗（El Cebrero）的地方——那是我发现剑①的地方。所有尚未出版的手稿和打字稿以后都

---

① 1986年，保罗曾在神秘向导的指引下，踏上圣地亚哥朝圣之路，通过种种考验和修习，躲开重重威胁与诱惑，成功找到将令他成为拉姆教团魔法师的钢剑。1987年出版的《朝圣》一书中记录了这趟朝圣之旅。——译者注

不会被出版。（每每见到作家的继承人为了赚钱而肆无忌惮地出版大量"遗作"或"遗物中发现的大量遗稿"，我都觉得毛骨悚然。既然作者活着的时候选择不出版这些书稿，那他们的隐私权就该得到尊重。）我在圣地亚哥朝圣之路上找到的钢剑将被扔进海里，这样它就会回到它来的地方。我的财产，连同今后七十年内的版权收益，将全数捐献给我设立的慈善基金会。

"那您的墓志铭会怎么写呢？"记者问道。既然选择了火化，就没有必要立墓碑刻墓志铭了，我的骨灰将随风吹散。但如果必须挑一句，我会选："他一直生活到去世的那一刻。"这似乎是句废话，但就我所知，很多人在生命尚未终结之前就已经不再生活。虽然他们还是会继续工作、吃饭和进行日常的社交活动，但他们做任何事情仿佛都处在"自动巡航模式"，他们没有意识到每一天的到来都会带来一些美妙的时刻，他们从不停下来思考生命的奇迹，也不会明白每一个即将到来的瞬间都可能是他们在这个星球上的最后一刻。

记者离开后，我坐在电脑前决定写下这篇文章。我知道这不是一个谁都愿意去思考的命题，但我对我的读者负有这个责任——我要促使他们思考生活中重要的事情，而死亡可能是其中最为重要的事了。我们都在走向死亡，但我们永远不知道死亡何时会碰触我们，因此我们有责任多多关注周围，时时感恩当下。但我们也应当感谢死亡，因为它使我们反思自己所做的每个决定的重要性，提醒我们不要陷入"行尸走肉"的状态。它促使我们敢于冒一切风险，为自己的梦想赌上一切。因为，无论我们乐意与否，死亡天使都在前方等着我们。

未来如何生存

　　我从邮局收到了三公升饮料，是一种牛奶的替代品。一家挪威公司想知道我是否有兴趣在这种新型饮料上做投资，因为据专家大卫·里茨说："所有（他再三强调是所有的）牛奶都含有五十九种活性激素，大量脂肪、胆固醇、二噁英、细菌和病毒。"

　　但我想到的是钙质。在我还是个小孩的时候，母亲就告诉我钙质对我的骨骼很有益处。但在这一点上，专家也想到了我前头："钙质？你觉得奶牛的大骨头是从哪里获取钙质的呢？没错，从它们进食的植物里！"可以想见，这种新型饮料也是以植物为原料的，而牛奶却在全球各类机构的无数研究中受到谴责。

谈到蛋白质，大卫·里茨更是不容置疑："牛奶可以被看作'液态肉'（我是从来都没有尝过液态的肉，但想必他清楚自己在说什么吧），因为牛奶的蛋白质含量很高。但实际上，正是这种蛋白质会将钙质从身体中过滤掉。你看，那些习惯高蛋白饮食的国家也是骨质疏松症发病率最高的国家。"

同一天下午，我妻子给我发来了一封电子邮件，与我分享了她在互联网上找到的一篇文章：

如今年龄处于四十到六十岁之间的人以前都习惯不系安全带，开着没有头枕、没有安全气囊的汽车东奔西走。孩子们也没有儿童座椅，就坐在后座上，大声喧哗，大家也都很开心。

那时的婴儿床都会涂上色彩鲜艳的油漆，现在看来很可能都含有铅或其他危险物质。

就拿我来说吧，我们这代人以前会自制"卡丁车"（我都不知道该如何向现在的年轻人解释这东西，姑且就请想象一下我们在两层铁环内固定了滚珠轴承），我们会比赛从博塔弗戈山上往下冲，刹车全靠脚，所以难免会摔倒受伤，但大家都会为自己创造的极速冒险而骄傲。

文章继续写道：

那时也没有手机，所以我们的父母根本不可能每时每刻都知道我们在哪里。作为孩子，我们永远都在犯错，偶尔也会受到惩罚，但我们从来不会觉得自己有什么心理问题，比如不被接纳或缺少疼爱。在学校里，有好学生，也有坏学生：好学生会顺利升至下一个年级，坏学生会留级。从不会有心理治疗师被请来研究这些坏学生——他们只需要重读一年。

即便如此，我们还是生存了下来，尽管膝盖有几处擦伤，心中有些后怕。我们不仅活下来了，还会带着怀旧的心情去回顾过去的时光：那时牛奶不是毒药；家长会期望孩子在没有外界帮助的情况下尝试自己解决问题，哪怕需要打一架；那时一天中的大部分时间我们都在和朋友相处，一起发明些小游戏，没有任何电子产品的打扰。

还是让我们回到最初的话题吧。我决定尝试一下这种神奇的新产品，它可以替代致命的牛奶。

我只浅尝了一口。

我让妻子和女佣也试一试，但没告诉她们那是什么。她俩都说这辈子都没尝过这么恶心的东西。

我开始为未来的孩子们担心，他们玩着电脑游戏，他们的父母玩着手机，心理医生帮助他们走过每一次失败——最可怕的是，他们要被迫喝下这种"神奇药水"——这种会使他们远离胆固醇、骨质疏松症，远离五十九种活性激素，远离毒素的饮料。

他们将生活得十分健康和平衡。当他们长大后，他们会发现牛奶这种东西（到那时，牛奶可能已经成了违禁品）。或许2050年的某位科学家会担起重任，去拯救这种人类从远古时代就开始饮用的物质？又或许以后牛奶只能从毒贩那里买到了？

死期未到

　　我原本很可能在 2004 年 8 月 22 日 22 点 30 分就已经去世，那时我刚过完生日不到四十八小时。为了重构我接近死亡的那个情景，请允许我先罗列一系列相关因素：

　　（a）演员威尔·史密斯为宣传新电影接受采访时，不断提到我写的《牧羊少年奇幻之旅》。

　　（b）他的新电影是根据阿西莫夫的《我，机器人》改编的。我多年前就读过，也非常喜欢这本书。为了向史密斯和阿西莫夫致敬，我决定去观看这部电影。

　　（c）在法国西南部的一个小镇上，电影于 8 月的第一周上映。然而，出于一系列微不足道的原因，我不得不推迟到 22 日的那个星期天才去看电影。

我早早吃了晚饭，和妻子一起分享了半瓶红酒。我们邀请家里的女佣和我们一起去看电影（起初她拒绝了，但最后还是欣然接受了）。到达电影院的时间提前了不少，我们买了些爆米花，看了电影，享受了整个观影的过程。

我们回到车上，准备开车回到我们用旧磨坊改造的家。这段车程一般也就十分钟，我播放了一张巴西音乐CD，决定慢慢开，这样在到家前我至少能听到三首曲子。

在路上，我们的车穿过寂静的小村庄。突然，在驾驶员这一侧的后视镜里，不知从哪儿冒出了一对车前灯。我们的面前是一个十字路口，路口还竖着路标。

我尝试刹车，因为我知道身后的那辆车没法超车——十字路口的立柱会挡住它的去路。所有这一切都发生在刹那间。我记得当时我还在想："这家伙一定是疯了！"但千钧一发之际我根本来不及说什么。那辆车（铭刻在我记忆中的图像显示那是一辆奔驰，但我也不能确定）的司机也看到了立柱，却还在加速，想在我前面靠边停车，但当他试图调整车的姿态时，却在马路上翻了车。

从那一刻起，一切似乎都成了慢动作。他的车侧向翻转了一次、两次、三次。车子撞到了坚硬的路肩，改变了运动方向，用前后保险杠撞击着地面，不停向前翻滚。

我车子的前灯照亮了整个过程，但我不能突然刹车——我的车和这辆正翻筋斗的车并排行驶在一起。这就像我刚看过的电影中的一幕——只是电影是虚构的，此刻是在现实生活中！

最后，那辆车终于停止了翻滚，左侧着地躺在公路上。我能看到司机的衬衫。我在他身边停下车，心中只有一个想法：我必须下车去帮助他。那一刻，我感觉到妻子的指甲紧紧抠进了我的手臂，她乞求我继续往前开，把车停到远一点的地方，因为那辆车随时可能起火爆炸。

我又往前开了一百米，然后停车。车上的 CD 还在播放着巴西音乐，好像什么都没发生过。一切看起来那么超现实，那么遥远。我妻子和女佣伊莎贝尔一同下车跑向事故现场。另一辆车从反方向开过来，也停了下来。一个女人跳了出来，看起来惊慌失措。她的车前灯也照亮了这地狱般的场景。她问我有没有手机。我说我有。她说那为什么还不打电话叫救护车呢。

紧急救援的电话号码是多少？她看着我——这不该是每个人都知道的吗？！515151！我的手机还处在关机状态，因为电影院总是会提醒观众这样做。我输入开机密码，然后拨打了急救电话——515151。我在电话里确切地说出事故发生的地点：拉卢布埃和霍尔格之间的村庄。

我妻子和女佣回来了：车里的男孩身上有几处擦伤，但明显没有什么大碍。在我目睹的那六次翻转之后，他竟然可以没什么大碍！他下车时只是有些颤颤悠悠。路过的其他人也停下了车。消防队员在五分钟内就赶到了现场。一切都还算好。

一切都还算好。但其实只差几毫秒，他就可能撞上我们的车，把我们甩进沟里。只差一点点，对在场的所有人来说，一切就会变得非常糟糕——极其糟糕的那种糟糕。

回到家时，我抬头望向星空。有时我们会在人生旅途上遭遇一些事情，但因为我们的时限还没到，这些事只会从我们身边掠过，不会对我们造成什么后果——哪怕它们离我们很近，我们能清楚地看到它们。我要感谢上帝让我明白，正如我的一位朋友所说：一切该发生的都发生了，除此之外什么都没发生。

🌊 一个躺在地上的男人

那是1997年7月1日下午1点05分，在科帕卡巴纳海滩上，躺着一名大约五十岁的男子。我路过时低头瞥了他一眼，然后继续朝我平时买椰子水喝的摊位走去。

作为里约热内卢的常住居民，我曾无数次从这样的男人、女人或小孩身边路过。作为一个周游列国的人，我几乎在到访过的每个国家都见过相似的景象——从富裕的瑞典到贫穷的罗马尼亚，无一例外。我见过在各种气候条件下躺倒在路边的人：在马德里、巴黎或纽约的冰天雪地里，他们或许会躺倒在地铁站外的热气通风口附近；在黎巴嫩灼热的阳光下，他们可能会躺在被多年战火摧毁的建筑废墟中。那些躺在地上的人——或是醉醺醺的，或是无家可归，或是疲惫的——对任何人来说都不是什么新鲜事。

我喝完了椰子水。我需要尽快赶回家，因为我要接受西班牙《国家报》记者胡安·阿里亚斯的采访。在往回走的路上，我留意到那个男人还躺在那儿，在大太阳底下，路过的每个人都和我一样：看他一眼，然后继续往前走。

尽管我自己可能都没意识到，但我的灵魂已经受够了一遍遍看到这个场景。当我再次从那个人身边经过时，有一股超越我自身的力量促使我俯下身，试图把他扶起来。

他没有任何反应。我将他的头转向一边，发现他的太阳穴上有血。现在怎么办？他伤得重吗？我用自己身上的 T 恤轻轻擦拭他的皮肤。伤口看起来并不太严重。

就在此时，那人开始喃喃自语"让他们别再打我了"。可见他还活着。现在我需要做的是把他挪到背阴处，再去报警。

我拦住第一个路过的人，请他帮我一起把伤者拖到海边和沙滩之间的背阴处。那位路人穿着西装，提着公文包和各种行李，但他还是停下来帮助了我——我想他的灵魂也看够了这样的场景。

把那个人放在阴凉处后，我便准备往家走。我知道附近有一个宪兵哨所，我可以在那里找人帮忙。但我在走到哨所之前，就遇到了两名警察。

"有一个人被人打了，现在躺在某某号门牌对过。"我说，

"我把他放在沙滩上了。最好能叫辆救护车来。"

两名警察说他们会处理的。那我这就算已经尽到自己的义务了。作为曾经的童子军，我总是时刻准备着。这就是我今天做的好人好事。现在问题已经交到别人手里了，将由他们来处理。另一边，那位西班牙记者随时都会出现在我家。我得赶紧回去。

但我还没迈出十步，一个陌生人拦住了我的去路。他用含混不清的葡萄牙语说："我已经把那个人的事告诉警察了。但他们说既然那人不是小偷，那这事就不归他们管。"

我没等那人说完，就走回到那两名警察所在的地方，我向他们亮明了身份，说我为报纸撰稿，还上过电视。因为我妄自认为，有时成功和名气能有助于解决问题。

当我越发坚持他们应当施以援手时，其中一位警察问道："你是什么官员吗？"

显然，他们并不知道我是谁。

"并不是，但我们现在必须解决这个问题。"

我站在那儿，浑身是汗，穿着一件血迹斑斑的 T 恤和一条用穿旧的低腰牛仔裤剪成的百慕大短裤。我只是一个没名没姓、没有任何权力的普通人，有的只是心累——这么多年见过那么多躺倒在街边的人，我却从未做些什么。

而今天的心境改变了一切。有时候，你会突然从所有压抑和恐惧中解脱出来。你的眼中会闪烁出不一样的光芒，人们会知道你绝对是认真的。此时，警察和我一起去叫来了救护车。

在回家的路上，我回想了一下今天学到的三个教训。

（a）只要事情"看上去并无大碍"，任何人都可能置之不理。

（b）总有人对你说："既然你起了头，你就得负责到底。"

（c）当一个人十分确信自己要做什么的时候，他或她的凛然会赋予他（她）所需的权力。

缺失的那块砖

有一次，我和妻子正在旅行，收到了秘书发来的传真。

"厨房装修工程中缺失了一块玻璃砖，"她在传真中说道，"我将原定的施工计划，连同建筑商提出的补偿方案一并发给你了。"

于是，我一手拿着妻子之前做的设计：玻璃砖构成了和谐的线条，其中还留了一个通风口。另一边是为了解决少了块玻璃砖的问题而制定的解决方案：那简直就是一个拼图游戏，玻璃方块以杂乱无章的方式排列着，完全违反了美学。

"就再买一块玻璃砖吧。"我妻子写邮件回复道。后来他们也照办了，于是厨房的设计依旧如初。

那天下午，这件事让我回味了很久，我在想：在生活中，我们曾经多少次仅仅因为缺少一块砖，就全盘打乱了自己最初的计划。

在一次演讲之前

在美国书商协会的一次活动上，我和一位中国作家都在准备发表演讲。那位中国女作家非常紧张，她对我说：

"公开演讲已经够难的了，试想一下你还得用一门外语来谈论你的书！"

我请她静下来，不然我也要开始紧张了，因为我也有同样的困扰。突然，她转过身来，微笑着轻声说道：

"没事的，别担心。我们并不孤单。你看坐在我后面那位女士经营的书店叫什么名字。"

在那位女士的名牌上写着："天使联盟书店"。结果，我俩都成功地展示了各自的书，因为天使给予了我们所希望得到的启示。

在迈阿密港

　　"有时人们太熟悉电影中的场景了，以至于连事实是什么样都想不起来了。"有一次，我和一位朋友并肩而立眺望迈阿密港时，他问道，"你还记得《十诫》吗？"

　　"我当然记得。有一幕，查尔顿·赫斯顿扮演的摩西举起杖，把海水分开，以色列人便穿越了红海。"

　　"《圣经》中的情节略有不同。"我的朋友说道，"《圣经》里写着，上帝对摩西说：'告诉以色列人，让他们往前走。'接着上帝才让摩西向海伸杖，分开了红海。所以说，有踏上征程的勇气才能看到出路在哪里。"

绝境下的善举

不久前，我妻子在伊帕内玛出手帮助了一位瑞士游客，他声称自己被街上的几个浑小子抢了。他操着一口带有浓重外国口音的葡萄牙语，说他的护照也被抢了，身边没有钱，也没有地方睡觉。

我妻子帮他买了午餐，还给了他足够当天住酒店的钱，让他和大使馆取得联系，随后便离开了。几天后，里约热内卢的报纸上刊登了一则报道，说这位"瑞士游客"实际上是一位花招百出的欺诈师，他故意说话带着口音，利用了我们这些热心市民考虑到里约的城市形象而做出的善意行为——不管实际情况是什么样，治安差这件事已然快成为里约的城市名片了。

当我妻子读到这篇报道时，她只是淡淡地说道："但这也不会阻止我去帮助其他人。"

她的话让我想起了一位智者的故事。他搬到阿克巴的城里，没有人多看他一眼，他的讲道也没有被大众接受。一段时间之后，他成了众人嘲笑和讥讽的对象。

有一天，他走在城市的主街上，一群男男女女开始羞辱他。智者并没有假装听不到，而是转身对他们送上了祝福。

他们当中有个人问道："难道你还聋了吗？我们用最肮脏的话骂你，你却用美好的语言来回应！"

"我们每个人都只能拿出自己拥有的东西来给别人。"智者回答道。

关于女巫与宽恕

2004 年 10 月 31 日，正当某些古代封建权力即将于 11 月被废除之际，苏格兰的普雷斯顿潘斯镇正式赦免了八十一个人和他们的猫的罪名。这些人和猫都是在 16、17 世纪因巫术罪被处决的。

据当地贵族法院的官方发言人说："当初这些人大多是因为一些虚无缥缈的证据被定罪的——比如有起诉证人声称，他们感觉到了恶魔的存在，或是听到了灵魂的声音。"

或许现在再去深究宗教裁判所的暴行、其中的酷刑室和被仇恨与报复点燃的篝火已经没什么必要了，但有一件事让我对这个故事产生了极大的兴趣。

遭残忍处决的人，是被普雷斯顿潘斯镇及多芬斯顿的第 14

世男爵赦免的。身处 21 世纪，那些杀害了无辜受害者的罪人的后裔竟仍然觉得自己有权赦免这些无辜的人。

与此同时，一场新的猎巫运动正在抬头。这次的武器不是炽热的铁，而是讽刺和镇压。任何一个天生有灵性的人（这些灵性往往只是他们偶然发现的），当他们敢于谈论自己的天赋时，往往会受到父母、丈夫或妻子的不齿，或是会被禁止谈论这方面的任何事情。自我年轻时起，我就对所谓的"神秘科学"感兴趣，也和许多这样的人接触过。

当然，我也被骗子骗过——我把时间和一腔热忱献给"老师"，他们最终摘下了面具，露出了真正的面目。我也曾不负责任地参加某些教派，也付出了高昂的代价。我做这些都是出于人类最自然的一种探究——寻找生命之谜的答案。

然而，我也遇到了许多人，他们真的能和远超出我理解范围的力量打交道。我见到过天气被改变，见到过在不实施麻醉的情况下进行手术。还有一次，那天当我醒来时，我就对我们未知的力量充满了怀疑，我把手指伸进了一个生锈的卷笔刀刀口里。你可以相信我，也可以嘲笑我——如果这是支持你读下去的唯一方式——我看过贱金属的嬗变；我见过勺子被弯折；见过有人说我周围的空气中会有光点闪烁，之后这就发生了。这些事发生时几乎都有见证者在场，见证者通常还都是持怀疑态度的人。在大多数情况下，这些人依然会保留怀疑的态度，始终认为这只是一个精心策划的骗局。有些人说这是"魔鬼的杰作",另一些人则认为自己正在目睹超越人类认知的现象。

我在巴西、法国、英国、瑞士、摩洛哥和日本都见过这类情况。这些人似乎有能力干涉"不可改变"的自然法则,但这些人会受到何种对待呢?社会认为他们的出现是边缘现象——无法被解释的话就不存在。大多数人自己都不明白为什么他们能够做这些令人吃惊的事情,而且,由于害怕被贴上"江湖骗子"的标签,他们只好压制自己的天赋。

他们中没有人是快乐的。他们都希望有一天能被认真对待。他们都希望自己的力量能得到科学的解释(尽管在我看来,这并不是真正的出路)。许多人隐藏了自己的能力,并因此深受折磨,因为他们本可以帮助这个世界,却不被允许。我认为在他们的内心深处,也在等待一次"官方赦免",赦免他们的与众不同。

当我们分清良莠,不让数不清的骗子使我们对世界失去信心时,我想我们也应该再问问自己:我们拥有什么样的能力?然后,平静地出发,去寻找属于自己的巨大潜力。

踏着节奏，踏上征程

我在马德里的加利西亚之家做了一场讲座，就在我正要离开会场的时候，一位朝圣者说："有件事您在这个关于朝圣之路的讲座里没有提到。"

我当然知道有许多关于朝圣之路的事我都没有提及，因为我做讲座的目的只是想分享一些自己的经历。尽管如此，我还是邀请她喝一杯咖啡，想知道我遗漏了什么重要的信息。

这位名叫贝戈尼亚的女士说道：

"我留意到一件事，大多数朝圣者，无论是走在圣地亚哥朝圣之路上，还是在人生的其他道路上，总是试图跟随别人设定的节奏。当我踏上朝圣之路时，起先我试着跟上队伍的节奏，但这让我太累了。我在向身体提出超负荷的要求。身体一路都很紧绷，结果导致左脚的肌腱拉伤了。在那之后的两天里我都无法行走。这让我意识到，要想到达圣地亚哥，我唯有遵照自己的节奏。我花了比其他人更长的时间才到达目的地，而且在很长一段时间里，我常常不得不独自行走——但也正是因为我尊重了自己的节奏，才能最终完成这段旅程。从那时起，我就把这个原则应用到我生活中的每一件事上：我遵循自己的节奏。"

巴西最伟大的作家

　　我自费出版过一本名为《地狱档案》（*The Archives of Hell*）的书（我是为这本书自豪的，但目前书店里找不到这本书，因为我还没有勇气去修订它）。我们都知道要出版一本书有多难，但要把书拿去书店卖则是更为复杂的一件事。那个时候，我和妻子每周都会分别在城中不同的区域走访各家书店。

　　有一天，我妻子腋下夹着几本我的书，正要穿过科帕卡巴纳大道，看见街对面竟然站着作家若热·亚马多和他的妻子泽莉亚·加泰！我妻子几乎不假思索地向他们走了过去，对他们说自己的丈夫是个作家。若热和泽莉亚肯定每天都会遇到这种事，但他们非常善良，他俩邀请我妻子和他们一起喝了杯咖啡，还要了一本我的书，最后还为我的文学事业送上了最美好的祝福。

"你一定是疯了！"妻子回到家告诉我这一切之后，我惊呼道，"难道你不知道他是巴西最伟大的作家吗？"

"他是呀，"她说道，"能取得像今天这样的成就，他一定有一颗纯洁善良的心。"

一颗纯洁善良的心——克里斯蒂娜真是说得太对了。若热，这位在国外最知名的巴西作家，当时是（现在也是）巴西文学的风向标。

然而，有一天，另一个巴西人写的《牧羊少年奇幻之旅》在法国登上了畅销书排行榜，几周后，更是登上了榜首。

几天后，我收到了一份榜单的剪报，还有一封来自若热的热情洋溢的祝贺信。若热纯洁的心里没有一丝嫉妒的情绪。

但来自巴西国内和国外的一些记者开始向他提出一些诱导性的问题，试图激怒他。但无论什么时候，若热都从未在任何情况下顺势做出摧毁性的批评。事实上，在我生命中非常艰难的时刻，当大多数人对我的作品给出极其苛刻的评论时，他还充当了我的辩护人。

后来我终于赢得了自己的第一个外国文学奖，确切地说，也是在法国。但刚巧颁奖典礼的日期和我在洛杉矶的一项工作安排冲突了。我的法国出版商安妮·卡里埃很绝望。她与美国出版商进行了磋商，但后者拒绝取消已敲定的演讲行程。

颁奖典礼的日期在一天天逼近，但获奖者却无法到场。我的出版商该怎么办呢？安妮甚至都没有问我，就直接给若热·亚马多打了电话，说明了情况。若热听后立刻答应了代我去领奖。

不仅如此，他还给巴西驻法大使打了电话，邀请他一同前往，并在现场发表了精彩的演讲，感动了在场的每一个人。

最有意思的是，直到这次颁奖典礼过去将近一年之后，我才真正第一次见到若热·亚马多。啊！但我对他的为人仰慕已久，正如我欣赏他的作品一样——一位从不轻视入门者的著名作家，一位乐于看到其他巴西人成功的巴西人，一位随时准备着为他人提供帮助的人。

一对微笑的恋人（伦敦，1977）

在我的生命中有过这样一个时期，我对一些事失去了热情，于是决定将它们都抛在脑后。当时我和一位名叫塞西莉亚的年轻女子结了婚，我们刚搬到伦敦住。我们住在皇宫街一套小公寓的二楼，初来乍到的我们感觉很难结交新朋友。然而，每天晚上，都会有一对年轻的恋人从隔壁的酒吧走出来，经过我们窗前，挥手招呼我们下去。

我非常不愿意打扰到邻居，所以我从不曾听从他们的召唤下过楼，甚至假装这与我无关。但那对情侣经过时总会呼唤我们，哪怕窗边并没有人。

一天晚上，我还真下了楼，但为的是去抱怨他们太吵了。他们的欢笑立刻变成了悲伤，他们道了歉便走了。那天晚上我才意识到，虽然我们也非常想结交新朋友，但我更担心"邻居们会怎么说"。

我决定下次一定要邀请这对情侣上楼来和我们喝一杯。我在窗前等了整整一个星期，守着他们平时经过的时间，但他们再也没有回来过。我开始出没于楼下的酒吧，希望能再见到他们，但酒吧老板也说不认识他们。

我还在窗户上贴了张字条，上面写着："请再次召唤我们。"但这却招来了厄运：一天晚上，有群醉汉对着我们的窗户把天底下所有的脏话都骂了个遍。然后我们的邻居，就是我一直最在意的那个人，终于向房东提出了投诉。

此后我再也没见过那对恋人。

🌊树林里的士兵

我沿着一条小路爬上比利牛斯山，寻找可以练习弓道的地方，却偶然发现了一个法国兵营。士兵们都盯着我，但我假装自己什么都没看见，继续往前走——毕竟没人希望被误认为是间谍。

我找到了一个理想的地点，做了热身的呼吸练习，这时我注意到一辆装甲车正向我驶来。

我立刻警觉起来，启动了防御模式，心里默默在为可能被问到的各种问题准备答案：我有使用弓箭的许可证；这个地方非常安全；就算有人提出反对，那也得是护林员，而不是军队；如是等等。然而，只见一名上校跳下车，他问我是不是一名作家，还跟我讲了一些有关这个地区的趣事。

随后，他克服了几乎肉眼可见的害羞，说他也写过一本书，并讲述了这本书的不同寻常之处。

他和妻子曾经资助一个患有麻风病的孩子，那个孩子原本住在印度，后来被带到了法国。有一天，夫妇俩满心好奇想去见见这个小女孩，于是就到了她所在的修道院，那里有修女照顾她。他们在那里度过了一个愉快的下午，快要离开时，一位修女问他，能否考虑在灵性教育方面给住在那里的一群孩子提供帮助。让－保罗·赛托（就是那位上校）向修女说明，他没有教授教义问答的经验，但他会好好想一想，也会向上帝寻求旨意。

那天晚上，上校做完祈祷后听到了这样的回答："与其直接给出答案，不如试着找出孩子们想问的问题。"

在那之后，赛托有了一个想法，他走访了几所学校，让孩子们写下他们想知道的关于生活的一切问题。他要求孩子们以书面形式提出问题，这样害羞的孩子就不会觉得难为情。这些问题被汇集成了一本书——《总是在问问题的孩子》（*L' Enfant qui posait toujours des questions*）。

以下是其中一些问题：

我们死后会去哪里？
为什么我们害怕外国人？

火星人和外星生物真的存在吗？

为什么信仰上帝的人还会遭遇意外呢？

什么是上帝？

既然人终有一死，为什么还要出生呢？

天空中有多少颗星星？

谁发明了战争和幸福？

上帝也会倾听那些不信仰同一个上帝的人（天主教徒）的祷告吗？

为什么会有穷人和病人？

上帝为什么创造了蚊子和苍蝇？

为什么我们难过的时候守护天使不在我们身边？

为什么我们爱一些人，却恨另一些人？

谁命名了不同的颜色？

如果我母亲死后才能上天堂，那为什么也在天堂的上帝却还活着？

我希望能有一些老师，在读到这篇文章的时候能受到鼓舞，也去做同样的事。当我们不再试图将成年人对宇宙的理解强加到孩子身上时，或许我们也能回想起童年里一些尚未被解答的问题。

关于"9·11"的反思

　　直到现在，多年之后，我才能写一写这个事件。我避免在当时就写下这篇文章，是想让每个人都能以自己的方式来思考这次袭击带来的后果。

　　人们总是很难接受一个事实，那就是悲剧在某种程度上也会产生积极的结果。当我们惊恐地凝视着那更像是科幻电影场面的情景时——当两座塔楼裹挟着几千条人命轰然倒下时——我们有两种即时反应：首先，面对正在发生的事情，我们感到无力和恐惧；其次，我们有一种世界从此就不一样了的感觉。

　　世界从此不再一样了，这是真的。但是，在对发生的事情进行了长时间的反思之后，是否仍然感觉所有这些人就白白丧命了呢？在世贸中心的废墟下，除了死亡、灰尘和扭曲的钢筋之外，还能找到些其他东西吗？

我相信每个人的生活都会在某个时刻被悲剧触及。可能是一座城市的毁灭，一个孩子的死亡，一个毫无根据的指控，一种出现得毫无征兆却带来永久残疾的疾病。生活本身就是一个持续的风险，任何遗忘这一点的人都只能毫无准备地面对命运可能带来的挑战。每当我们面对这种不可避免的痛苦时，我们都被迫试着去理解正在发生的事情，去克服恐惧，开始重建的过程。

当我们面临痛苦和不安全时，我们必须做的第一件事就是接受现状。我们不能把这些感觉当作是与己无关的，也不能把它们内化成自我惩罚，虽然我们内心具有的罪恶感总会驱使我们这样做。在世贸中心的废墟中，掩埋着跟我们一样的人：他们或感到安稳，或感到悲伤；或感到满足，或仍在努力成长；或是有一家人在等着他们回家，或是被大城市的孤独逼到了绝望的境地。他们是美国人、英国人、德国人、巴西人、日本人……来自世界各个角落的人们，因共同而神秘的命运被捆绑在一起。在那天早上九点左右，他们出现在同一个地方——对一些人来说，这个地方是让人开心的，对另一些人来说却是压抑的。当双子塔倒塌时，死去的不仅是那些人，他们也从我们每个人身上带走了一些生气，似乎整个世界都坍缩了。

在面对巨大的损失时——无论是物质上的、精神上的还是心理上的损失——我们都需要记住智者给我们的重要开示：要耐心，生命中的一切都是暂时的。从这个角度，让我们重新审视我们的价值观。如果世界不再是一个安全的地方——或者至少在很多年内不是，那么为什么不利用这一突如其来的变化，花时间去做一些我们一直想做，却又总是缺乏勇气去做的事呢？2001年9月11日上午，有多少人是违背自己的意愿来到世界贸易中心的呢？他们从事了一份并不适合自己的职业，做着自己不喜欢的工作，只是因为那是一份安稳的工作，可以保证他们晚年能拿到足够多的养老金？

"9·11"事件给世界带来了巨变，而那些被埋在废墟下的人正在让我们重新思考自己的生活和价值观。双子塔倒塌虽然拖垮了许多人的梦想和希望，但同时也打开了我们的视野，让我们每个人都能反思自己生活的意义。

二战中曾经有这样一个故事，当时德累斯顿刚经历了大轰炸，一名男子在经过一片被瓦砾覆盖的地块时，看到了三名工人。

"你们在干什么？"他问。

第一个工人转过身说："你看不见吗？我在搬动这些石头！"

"你看不见吗？我在挣工资！"第二个工人说。

"你看不见吗？"第三个工人说，"我正在重建大教堂！"

尽管这三个工人都在从事同一项工作，但只有一个人知道自己生活和工作的真正意义。经历过 2001 年 9 月 11 日之后的世界，让我们期待，每个人都将证明自己能够从情感废墟中爬出来，重建我们一直梦想但从未有勇气创造的那座大教堂。

人类有趣的特性

有人问我的朋友杰米·科恩："人类最有趣的特征是什么？"

科恩说："是我们的矛盾性。我们急于长大，随后却渴望追回我们失去的童年。我们为了赚钱让自己病倒，然后把所有的钱都花在养病康复上。我们对未来想得太多，以至于忽略了当下，因此既没有体验到现在，也无法经历未来。我们活着的时候好像从来不觉得自己会死，死去的时候却好像从没好好生活过。"

⑩死后的环球旅行

　　我常常会想，当我们将自己的皮屑毛发四散在世界各地时会发生些什么。比如，我曾在东京剪过头发，在挪威剪过指甲，也曾在法国的一座山上洒下几滴鲜血。在我的第一本书《地狱档案》里，我就对这个话题进行过简短的阐述，关于我们是否应该在世界各地零零星星地播撒下自己身体的一小部分，以便在来世找回一些熟悉感。最近，我在法国《费加罗报》上读到了盖伊·巴雷特的一篇文章，讲述了 2001 年 6 月发生的一件真事，有人就将这个想法付诸实践了。

　　故事的主角是一位美国女性，名叫薇拉·安德森，她一生都居住在俄勒冈州的梅德福。上了年纪之后，她经历了中风，又因肺气肿导致病情加重，于是有好几年她都只能在家休养，常年用着呼吸机。这本身就是一种折磨，对薇拉来说更是如此，因为她总是梦想着要去环游世界，为此她一直在存钱，想着一退休就能出发了。

后来薇拉设法搬去了科罗拉多州，为了和儿子罗斯一起共度生命最后的时光。在那里，在她即将开启人生最后的旅程，踏上通往彼岸的不归路之前，她做了一个决定。虽然她活着的时候甚至都未能在自己的祖国旅行，但死后要周游世界。

罗斯到当地公证处为母亲登记了遗嘱。她希望死后被火化。这一点似乎并没有什么不寻常之处。但遗嘱继续写道，她的骨灰将被分装到二百四十一个小袋子里，这些袋子将被送往美国五十个州的邮政部门，以及世界上一百九十一个国家。这样，至少她身体的一部分能去她梦想中的地方。

薇拉一过世，罗斯就全心全意地替母亲执行了遗愿。他给寄出的每一份包裹都附上了一封简短的书信，他在信中恳请对方给母亲一个体面的葬礼。

所有收到薇拉·安德森骨灰的人都极为郑重地回应了罗斯的请求。于是，地球的各个角落形成了一条无声的、齐心协力的纽带，在已故的安德森夫人想去的这些地方，善解人意的陌生人按当地风俗组织了多种多样的仪式。

在玻利维亚，根据艾马拉印第安人的古老传统，薇拉的骨灰被撒到了的的喀喀湖里；在斯德哥尔摩，它们被撒在皇宫前的小河里。在泰国的湄南河岸边、在日本的宗教建筑里、在南极洲的冰川上，以及在撒哈拉沙漠里……在南美洲的一家孤儿院里（文章没有具体说明哪个国家），慈悲的人们祈祷了一周，随后把骨灰撒在了花园里，并决定将薇拉·安德森视作那里的守护天使。

　　罗斯·安德森收到了许多照片，它们来自五湖四海、不同种族和文化背景，照片上的男男女女都在为他的母亲实现遗愿。面对着如今这个世界，薇拉·安德森的最后一次旅行让我们对世界充满了希望，因为它向我们表明，无论人与人之间相隔多么遥远，他们的灵魂中仍然保有着尊重、爱和慷慨。

🌊 我的岳父克里斯蒂亚诺·奥蒂西卡

在我岳父去世前不久，他召集了全家人去见他。

"我知道死亡只是一次旅程，我不希望在悲伤中启程。为了让你们不担心，我会让你们看到，在有生之年帮助别人是值得的。"

他要求死后遗体火化，骨灰撒到阿帕多海滩上，撒的时候录音机里要播放他最喜欢的音乐。

两天后他去世了。一位朋友在圣保罗安排了火葬，回到里约热内卢后，我们带着录音机、磁带和装有骨灰盒的包裹直奔海滩。当我们到达海边时，我们发现骨灰盒的盖子拧得太牢了，无论我们如何尝试都徒劳无功。

此时附近只有一个乞丐，他走过来问我们："出了什么问题？"

我姐夫说："我们需要一把螺丝刀，这样我们才能取出这里面我父亲的骨灰。"

"这么说来他生前一定是个大好人，因为我刚刚找到了这个。"

乞丐说着，递给了我们一把螺丝刀。

2005 年 1 月的一天

今天雨下得很大，气温大约在三摄氏度。我决定去散散步——一天里只要没去散步，我就觉得无法正常工作——但外面风也很大，我只走了大约十分钟，就又开车回家了。我从信箱里取出报纸，但其中也没什么重要的内容，净是些记者们自作主张认为大众应该知道、参与其中，并抱有看法的事情。

接着我走到电脑前查看电子邮件。

也没有什么新消息，只有一些无关紧要的事情等着我拿主意。我没花几分钟就处理完了。

于是我想去练练剑道，但风太大了，只好放弃。

两年一本的新书我已经写完了，新书名为《查希尔》，但要到几周后才会出版。要发表在互联网专栏上的文章我也写好了。我还更新了个人网站上的内容。

我之前已经去做了胃镜，幸运的是没有发现任何异常（起初我很害怕，因为要将一根管子从我的喉咙里插进去，但结果并不是很可怕）。我还去看了牙医。

我一直在等的机票也终于经由特快专递寄到我手里了。

明天我还有些事要处理，昨天要干的事都已经完成了，但今天……

今天真的再没有任何一丁点事情需要我操心了。

我突然感到坐立难安。难道我不该做点什么吗？嗯，如果我硬要找些事来做，也不是什么难事。总会有新的项目在等着去筹划，有些灯泡在等着去更换，有树叶在等着被打扫，有书在等着被读完，有电脑文件在等着被整理。但我能不能就这样直面虚空呢？

我戴上帽子，穿上保暖服，套上防水夹克，走进了花园。这样的穿戴应该足够让我在接下来的四五个小时里抵抗严寒了。我坐在湿漉漉的草地上，开始清理我脑海中的众多想法。

（a）我很没用。这一刻其他人都在忙碌，很努力地工作。

回应：我工作起来也很努力，有时一天要工作十二个小时，只是今天碰巧没什么事可做。

（b）我没有朋友。我，世界上最著名的作家之一，却在这里，孤零零一个人，甚至连我的手机都没有响过一下。

回应：我当然有朋友，但当我选择住在法国圣马丁的老磨坊时，他们尊重我独处的需要。

（c）我需要去买些胶水。

回应：是的，我刚想起来，昨天我的胶水用完了。何不跳上车开去最近的镇上呢？但我阻止了这个念头。为什么保持现在这样无所事事的状态就这么难呢？

我脑海中浮现出一系列的念头：那些常常杞人忧天的朋友，那些用在我看来荒谬的事务将生活中的每一分钟都塞满的人，毫无意义的对话，没有任何重要内容的长途电话，为了彰显自己的领导地位而发号施令的老板，因为没有被分配到什么重要任务而担心自己失去价值的官员们，因为孩子晚上外出玩耍而折磨自己的母亲，因学习、测验和考试而折磨自己的莘莘学子。

我和自己做了很长时间的斗争，说服自己不起身去文具店买胶水。我经历了可怕的焦虑，但我决心待在这儿什么都不做，至少待几个小时。渐渐地，沉思取代了焦虑，我开始倾听自己的内心。它一直在渴望与我交谈，但我总是太忙了。

风依然吹得猛烈，我知道外面很冷，还下着雨，我知道明天我可能还是得去买些胶水。但此刻，我没在做任何事，却也在做一个人能做的最重要的事：聆听值得被听到的、来自内心的声音。

暴风雨正来临

我知道暴风雨即将来临，因为当我远眺时，能看到地平线上正在发生什么。这当然也有赖光线的帮助——太阳正要落山，夕阳的余光更能凸显出云的形状。我还能看到云层中闪烁的电光。

尽管我听不到任何声响，风势较之前也没有增强或减弱，但我知道暴风雨正要来临，因为我已经习惯于潜心研究地平线上的变化。

我停下脚步。没有什么比观看暴风雨逼近更令人既兴奋又害怕了。我的第一个念头是想找个地方躲躲，但很快意识到这可能会很危险。暴风雨可能会使一个庇护所变成一个陷阱——很快风就会刮起来，风力会大到足以掀掉屋顶的瓦片，折断树枝，扯断电线。

我记起了一位老朋友，他小时候住在诺曼底，亲眼看到了盟军登陆纳粹占领的法国。我永远不会忘记他说过的话："我醒来，地平线上全是军舰。在我家旁边的海滩上，德国士兵也正目睹同样的场景。但最让我害怕的，是那一刻的寂静——那是生死交战前的死寂。"

此刻我的周围也一样悄然无声，而身旁玉米地里轻微的风声正在渐渐打破这种寂静。周围气压开始发生变化。暴风雨正逐步逼近，寂静开始被树叶的沙沙声取代。

我一生中目睹过许多场暴风雨。大多数时候暴风雨都是突然来袭，这让我学习到——而且是迅速学习到——要把目光放得更远，明白自己是无法控制天气的，只能培养自己的耐心，尊重大自然的盛怒。事情不会总是按照我期待的方式发生，所以最好还是由我来适应天意。

很多年前，我在一首歌词中写道："我不再害怕雨水，因为当雨滴掉落在大地上，它总会从天上带来些什么。"为了无愧于我写的文字，我更应该掌控住自己的恐惧，还要明白，无论多么猛烈的暴风雨，都终将过去。

风吹得越来越强劲了。我处于开阔的乡野间，远处地平线上有些树木，从理论上看，它们会吸引闪电。虽然我的衣服已经湿透了，但我的皮肤是防水的。所以我现在最好还是放宽心欣赏眼前的景象，而不是为了避险匆忙离开。

又过了半个小时。我想起了祖父教过我的事。我的祖父是一名工程师，他喜欢在我们一起出去玩的时候教我一些物理定律："闪电过后，数一数过了几秒才听到雷声，然后乘以三百四十米，也就是声音的秒速，那你就能知道雷电离你有多远了。"这听起来或许有些复杂，但我从小就会这样默算。此刻，我知道这场暴风雨离我有两千米。

此刻还有足够的光线让我看到云的形状。它们是飞行员所称的 Cb——积雨云。这些云的形状像铁砧，仿佛是铁匠在敲打天空，在为愤怒的神灵锻造宝剑，而此时此刻，这些神灵肯定就在塔布市的上空。

我能看到暴风雨正在逼近。和所有的暴风雨一样，它将带来毁灭，但也会滋润田野。而雨水，也会带着上天的智慧坠入人间。然后，就像所有的暴风雨一样，终将过去。风暴来得越猛烈，走得也就越快。

感谢上帝，我学会了面对暴风雨。

第三章

穿越世界的旅行家

换种方式旅行

我很早就意识到，对我来说，旅行是最好的学习方式。我依然保有着一颗朝圣者的心，我想将一些心得传递下去，希望能对其他像我一样的朝圣者有用。

1. 避免参观博物馆。这条建议看似有些荒谬，但且让我们稍做思考。如果你此刻身处外国的某座城市里，探索那里当下正在发生的事不比探究过去有趣得多吗？人们总觉得博物馆是旅行中的必到之处，那是因为在大家从小学接受的教育中，旅行就是为了探寻某种文化。诚然，博物馆是个好地方，但逛博物馆需要留出大段时间，也需要你具备一些客观认知——你需要知道自己期望在那里看到些什么，否则就算你逛完了也只会觉得自己看到的都是一些很基本的东西，不会记得它们具体都是什么。

2. 去酒吧里坐坐。酒吧——而非博物馆——才是每个城市展现其生活姿彩的地方。我所说的酒吧并不是迪斯科舞厅，而是一般人都会去坐坐、喝一杯，评论评论天气，能轻松随意地和身边人聊两句的地方。你可以买上一份报纸，笑看人来人往。如果有人和你搭讪，不管话题多么不起眼，你都要加入进去，因为若是只在入口打量，你是无法判断小径里头有多美丽的。

3. 保持开放的心态。本地人是你最好的导游，他们熟悉这里的一切，为自己的城市感到骄傲，但他们并不为任何旅行社工作。所以，你要走到大街上，挑选你想与之交谈的人，问他们一些事（比如，教堂在哪里？邮局在哪里？）。如果交谈中没碰撞出什么火花，就再找下一个人——我保证，一天下来，你一定会找到一个很棒的旅伴。

4. 尝试独自旅行（已婚者就请试着和配偶一起旅行）。这比跟着旅行团旅行要艰苦多了，因为没有人在路途中照顾你，但也只有这样，你才能真正离开自己的国家。因为如果跟团旅行，即便到了外国，你也还是在说母语的环境里，领队让你做什么你就做什么，甚至留心团里人的八卦多过当地的风土人情。

5. 不要比较。任何东西都不要比较——无论是价格、卫生条件、生活质量，还是交通手段，什么都不要比较！旅行并不是为了证明你拥有比别人更好的生活。你的目的应该是去了解别人是如何生活的，又是如何面对现实和特殊环境的，看看他们能教会你些什么。

6. 要相信每个人都能理解你。即便你不懂当地的语言也不要害怕。我到过的许多地方都完全无法用语言和当地人交流，但我总能得到帮助、指导、有用的建议，甚至找到女朋友。有些人认为，如果他们独自旅行，那只要一走到街上，就永远找不到回家的路了。其实，只要你口袋里揣着酒店的卡片，就算遇到万一的万一，也能拦下一辆出租车，把卡片亮给司机看。

7. 不要买太多。把钱花在你不需要随身携带的东西上，比如，去看一场好戏、去餐馆吃一顿，或是进行一段旅程。如今，随着全球经济和互联网的发展，你可以随时买到任何你想要的东西，没必要支付超重行李费。

8. 别想在一个月内看遍全世界。在一个城市待上四五天比在一周里周游五个城市要好得多。城市就像一个变幻莫测的女人：你需要花一些时间来"引诱"她，让她展露出自己的全貌。

9. 旅行是一种冒险。亨利·米勒说过，当你到罗马时，与其和二十万聒噪的游客挤在一起参观似乎不容错过的西斯廷教堂，倒不如去发现一个别人从未听说过的小教堂。当然，你可以去西斯廷教堂，但也别错过在街上漫步、探索小巷、体验找寻某些东西的自由——你或许完全不知道那是什么，但当你找到它时，你的生活一定会因此而改变。

东京的一间酒吧

一位日本记者问了一个十分常见的问题："您最喜欢的作家是哪位呀？"

我一如往常地回答道："若热·亚马多、豪尔赫·路易斯·博尔赫斯、威廉·布莱克，以及亨利·米勒。"

翻译吃惊地望着我，问道："亨利·米勒？"

随后，她意识到自己并不是那个负责提问的人，于是继续履行起翻译的职责。在访问结束后，我问她当时为什么对我的回答如此惊讶，是不是因为亨利·米勒不是大家眼里那种"政治正确"的作家，但他为我打开了一个广阔的世界，他的书具有当代文坛所罕见的活力。

"不，我不是要批判亨利·米勒。我也是他的书迷。"翻译说道，"你知道他娶过一个日本女人吗？"

我当然知道。作为书迷，我并不羞于竭尽全力去了解我仰慕的作家和他们的生活。有一次我去书展只是为了见见若热·亚马多；还有一次，我坐了四十八个小时的公共汽车，就为了去和博尔赫斯会面（但最终结果不尽如人意，只怪我一见到他整个人就僵住了，一句话都说不出来）；我在纽约还去按过约翰·列侬家的门铃（看门人让我留下一张字条解释我来访的原因，并说约翰·列侬会给我回电话，但他并没）；我本来也有去大苏尔拜访亨利·米勒的打算，但还没等我攒够旅行的钱，他就已经去世了。

"那个日本女人叫浩姬①，"我得意满满地说道，"我还知道东京有一个她的水彩画博物馆呢。"

"今晚您想见见她吗？"

这还用问吗？！我当然想见见曾经和我的偶像一起生活的人啦。在我看来，一定有许多人从世界各地赶来拜访或想要采访她，毕竟她和米勒一起生活了将近十年。她肯定不会想把时间浪费在一个纯粹的书迷身上吧？但如果这位翻译说能安排，那我还是愿意相信她的话——毕竟日本人大多是信守承诺的。

---

① 原名德田浩子，艺名 Hoki，是日本钢琴家、爵士歌手、女演员。——译者注

我在焦急的等待中度过了那一天。然后我们上了出租车，一切都开始变得很奇怪。我们的车停在了一条仿佛终日不见阳光的街道上，因为一座铁路高架桥正好从上面经过。翻译指了指位于一栋破旧建筑二楼的一个二流酒吧。

我们走上楼梯，走进了那间废弃的酒吧，浩姬·米勒就在那里。

为了掩饰我的惊讶，我夸大表现了自己对她前夫的崇敬之情。她把我带到酒吧后面的一个房间里，她在那里布置了一个小博物馆——有一些照片，两三幅有米勒署名的水彩画，一本题有献词的书——这就是全部展品了。她告诉我，她是在洛杉矶攻读硕士学位时认识米勒的。当时的她为了维持生计在一家餐厅里当乐手，她总是一边弹琴一边用日语演唱法国香颂。有一天米勒去那家餐厅吃完饭，爱上了她的歌声（米勒在巴黎生活过很长一段时间）。后来他们约会了几次，他就向她求婚了。

我看到酒吧里有一架钢琴，这仿佛能让她回到过去，回到他们第一次见面的时候。她给我讲了一些美妙的故事，包括他们在一起的生活，包括由他们的年龄差异而引发的问题（当时米勒五十多岁，浩姬还不到二十岁），包括他们共度的时光。她还说，他的其他几任妻子继承了米勒的一切遗产，包括图书版权，但这并不重要，因为与米勒一起生活的经历胜过任何金钱的补偿。

我请求她演奏多年前引起米勒注意的那首歌曲。她眼中满含泪光地唱起了《秋叶》（*Feuilles mortes*）。

翻译和我都深受感动。酒吧、钢琴、空落落的房间里回荡着的日本女人的歌声，她不在乎其他前妻得到的东西，不在乎米勒的著作权所带来的滚滚红利，也不关心她可以享有的国际声誉。

最后，她察觉到了我们的感受，说："为了遗产而争吵没有意义，有爱就足够了。"

确实，既然完全没有悲痛和仇恨，我想确实有爱就足够了。

对视的重要性

一开始，西奥·维埃里马只是一个非常执着的人。五年来，他一直在往我巴塞罗那的工作室写信，邀请我去荷兰海牙演讲。

五年来，工作室一直回复他说我的日程都排满了。事实上，我的日程也不总是那么满的，但作家未必擅长在公共场合发表演讲。再说，我想讲的都写在我的书和文章里了，这就是为什么我总是尽量避免讲座。

西奥发现我要去一家荷兰的电视台录制节目。当我从酒店下楼，准备去录影时，他就在大堂里等我。他做了自我介绍，询问是否可以和我同去，然后又说："我并非完全不能接受别人拒绝我。我也认为自己现在所做的与我想实现的目标或许南辕北辙了。"

我们都应该为自己的梦想而奋斗，但我们也必须知道，当某些梦想被证实不可行的时候，我们最好节省精力，以便探索其他道路。当时，我本可以爽快地丢下一个"不"字（这个字我确实已经说过并听人说过很多次了），但我决定采取一种更为迂回的方式：我准备提出一些他无法满足的条件。

我说我愿意免费去做讲座，但观众的入场费不得超过两欧元，场内观众的人数不得超过两百人。

西奥同意了。

"这么做你会入不敷出的，"我警告他，"根据我的计算，光是订机票和酒店的费用就会是你全场票价总和的三倍。这还没算上打广告和租赁场地的费用……"

西奥打断了我，说这些都无关紧要。他之所以要做这件事，是因为他看到了讲座所能带来的影响。

"我组织这样的活动是因为我需要坚信人类还在追寻一个更好的世界。我要为实现这一目标而做出贡献。"

他究竟是干什么的呢?

"我贩卖教堂。"

这真是太令我吃惊了。他继续说道："我受雇于梵蒂冈，负责替他们挑选买家，因为在荷兰，教堂的数量比去教堂的人数多。我们有过一些不好的经验，有人将这些神圣的场所变成了夜总会、公寓楼、精品店，甚至情趣商店，所以现在出售教堂的制度已经发生了改变。新项目必须得到社区的批准，买方必须说明他们将如何处置这栋建筑。通常我们只接受文化中心、慈善机构或博物馆之类的提案。那么，这和你的讲座，以及我试图组织的其他活动有什么关系呢？因为人们不再面对面相聚了，但如果他们不见面，就不会有所成长。"

他认真地看着我，总结道："见面。这就是我在您这件事上疏忽的地方。我不应该只发电子邮件，我应该让您看到我是一个有血有肉的人。有一次，我得不到某位政治家的回复，于是我就直接去敲他的门，他对我说：'如果你对某人有所求，你就得直视那个人的眼睛。'自那以后，我便一直遵循这个方法，结果从未让我失望过。你可以利用世界上所有的沟通手段，但没有任何方法，绝对没有任何方法可以取代直视别人的眼睛。"

不用说，我也接受了他的请求。

另：我的妻子是一名艺术家，她一直想建立一个文化中心，于是我在去海牙演讲时，提出想看看那些正在出售的教堂。我问了其中一座可容纳五百人的教堂的价格，结果是一欧元——一欧元！不过维护成本可以达到令人望而却步的水平。

在墨尔本

这是我在澳大利亚墨尔本作家节的主要亮相环节。现在是上午 10 点，台下挤满了观众。我将接受当地作家约翰·费尔顿的采访。

我走上台，像平时一样感到紧张。费尔顿介绍了我，并开始向我提问，但我还没讲完，他就打断了我，又问了我另一个问题。在我做出回答之后他却说："这不能算是一个非常明确的答案。"五分钟后，从观众中也能感受到一种不安。每个人都能感觉出现场有哪里不对劲。我记起了中国孔子说过的话，并采取了唯一合适的行动。

"你喜欢我写的东西吗？"我问。

"这与本次对谈无关，"费尔顿回应道，"我是来采访您的，而不是反过来请您采访我。"

"但这很有关系。你都不让我讲完自己的想法。中国的孔子云:'辞达而已矣。'让我们遵循这个建议,把话说清楚:你喜欢我写的东西吗?"

"不,我不喜欢。我读过您的两本书,两本我都不喜欢。"

"好的,现在我们可以继续了。"

楚河汉界已经画好了。观众也能放松下来,现场的气氛变得激烈起来。采访变成了一场真正的辩论,而每个人,包括费尔顿本人,都对结果感到满意。

商场里的钢琴家

　　我和一位名叫厄休拉的小提琴家朋友一起在某个购物中心闲逛。厄休拉出生于匈牙利，现在是两个国际交响乐团的领军人物。

　　突然，她抓住我的手臂说道："你听！"

　　我侧耳倾听。我听到了成年人讲话的声音、孩子的尖叫声、电器商铺里电视机发出的噪声、高跟鞋在瓷砖地面上发出的咔嗒咔嗒声，以及世界上每个购物中心都会播放的背景音乐声。

　　"是不是很美妙？"

　　我说我没听到任何美妙或不寻常的声音。

　　"钢琴声！"厄休拉望着我说，神情中带着一丝失望，"这位钢琴家真是棒极了！"

"想必是录音吧。"

"别傻了。"

我更专心地去听，发现果然是现场演奏的乐声。他正在演奏肖邦的一首奏鸣曲，当我能集中精神聆听这琴声时，发现周围其他的声音似乎都被屏蔽了。我们循着乐声沿着走道前行，一路上挤满了人，满目都是各家店铺、促销商品。商场广播里介绍着大家都有了但你和我还没有的好货。最后，我们来到了美食广场，这里有人在吃饭，有人在聊天，有人在争吵，有人在读报，通常每个购物中心都会在这里设置一个吸引顾客的加分项。

这个商场里的加分项，是一架钢琴和一位钢琴家。

这位钢琴家又演奏了两首肖邦的奏鸣曲，紧接着是舒伯特和莫扎特的作品。他约莫三十岁。舞台旁的简介上说他是来自格鲁吉亚的著名音乐家。我想他原本一定是想找份工作，吃了许多闭门羹，于是绝望了、放弃了，就来到了这个购物中心。

只是，我并不确定他是否真的"在这里"：他的眼睛紧盯着这个世界，他手中流淌出的音乐就诞生于这个神奇的世界；他的双手正与我们分享他所有的爱，他的灵魂，他的热情，他最好的自己，他过往所有的练习、专注和自律。

但有一件事他似乎不明白，没有人——绝对没有人会来这里听他弹琴。大家来这儿是为了购物、吃饭、消磨时间、闲逛，或是和朋友见面。有几个人在我们身边停下了脚步，大声说了会儿话，随后又走开了。这位钢琴家完全没有注意到，他还在跟莫扎特的天使们交流。他也没有注意到自己有两位听众，其中一位是极具天赋的小提琴家，正在含泪聆听他的演奏。

我记得某次走进一个教堂，看到一个年轻女子在为上帝演奏，但那是在一座教堂里，还有些意义。在这里，根本没有人在倾听，甚至可能连上帝也没在听。

然而此言差矣。上帝在倾听。因为上帝存在于这个人的灵魂里，存在于他的双手间，因为他奉献出了自己最好的一面，这与他是否被关注、拿多少报酬都没关系。他仿佛是在米兰的斯卡拉大剧院或巴黎歌剧院演出一般。这演奏仿佛是命运使然，是出于他内心的喜乐，是他活着的理由。

我心中充满了对这个人深深的崇拜和敬重，那一刻他令我领悟到一个非常重要的教训：我们每个人都有自己的伟业要去实现，这是唯一重要的事。不管别人是支持我们还是批评我们，是忽视我们还是容忍我们，我们做自己的事只是因为这是我们在这个星球上的使命，也是所有快乐的源泉。

这位钢琴家最后又弹了一首莫扎特的曲子，他也第一次注意到了我俩的存在。他谨慎而礼貌地向我们点头致意，我们也颔首回礼。随后，他又回到了属于他的天堂。我想最好还是让他独自沉浸在那里吧，不受外界的影响，哪怕是我们胆怯的掌声。他是我们的榜样。每当我们觉得没有人注意到自己正在做的事情时，就想想这位钢琴家吧。他在工作中与上帝对话，其他都不重要。

布拉格，1981

1981 年冬天，我和妻子漫步在布拉格的街道上。我们遇到了一个年轻人，他正在画周围的建筑。

我是非常害怕在旅行中带很多东西的人，何况我们后面还有多段旅程，但我由衷喜欢他其中一幅作品，并决定买下它。

当我把钱递给他时，我发现这个年轻人并没有戴手套——当时的气温是零下五摄氏度。

"你为什么不戴手套呢？"我问。

"这样比较方便握铅笔。"

接着他开始向我讲述他是多么喜欢冬天的布拉格，这是描绘这座城市的最佳季节。他非常开心我买了他的画，还问是否可以为我妻子画一幅肖像——不收钱。

我在等他完成画作的时候，意识到了一件奇异的事情。我们已经聊了将近五分钟，但其实我们根本不会说对方的语言。我们是靠手势、微笑、面部表情和乐于分享的意愿来完成沟通的。

这种纯粹的分享欲让我们可以在不需要词汇的情况下进入语言世界——那里的一切都总是清楚明晰的，不用害怕被误会曲解。

巴别塔的另一边

　　我花了一上午的时间向地陪人员解释说，比起博物馆和教堂，我对这个国家的风俗民情更感兴趣。因此，如果我们能去市集上逛逛会更好。他们告诉我，今天是法定假日，市场都关门。

　　"那我们要去哪儿呢？"

　　"去教堂。"

　　我就知道。

　　"今天，我们要庆祝一位圣人的节日，他对我们来说很特别，对你来说无疑也是一样。我们要去参观这位圣人的坟墓。但请不要问任何问题，请接受我们偶尔会为我们的作家准备一些非常棒的惊喜。"

　　"去那里需要多长时间呀？"

"二十分钟。"

二十分钟是标准答案。我当然知道实际所需的时间要比这长得多。然而，行程到目前为止，他们满足了我的所有愿望，所以我最好在这件事上让个步。

于是，在这个星期天的早晨，身处亚美尼亚首都埃里温的我很不情愿地坐上了他们备好的车。我能望见远处积雪覆盖的阿勒山。我看着周围的乡村，心里多么希望自己能出去走走，而不是被困在这铁皮盒子里。东道主殷切地向我示好，但我心猿意马，却还得坚忍地接受这个"特设行程"。最终他们也放弃了和我搭话，我们就这样静静地继续向前行驶。

五十分钟（我就知道！）过后，我们终于到达一个小镇，准备前往人头攒动的教堂。我注意到大家都穿着西装打着领带——这显然是一个非常正式的场合，这让穿着 T 恤和牛仔裤的我感觉自己很可笑。我下了车，作家工会的人在那里等着我。他们递给我一朵花，带我穿过参加弥撒的人群，随后顺着祭坛后面楼梯拾级而下。我发现眼前是一座墓。我意识到这就是圣人安息的地方。可是在我献花之前，我想知道自己究竟是在向谁致敬。

我得到的回答是："神圣译者。"

神圣译者！眼泪涌上了我的眼眶。

今天是 2004 年 10 月 9 日。这个镇子名为奥沙坎，以我所知，亚美尼亚是世界上唯一将梅斯罗普神圣译者日设为法定假日，并会举行庆祝活动的地方。梅斯罗普不仅创造出了亚美尼亚字母（当时这门语言已经存在了，但仅限于口语形式），还将当时最重要的文献翻译成了他的母语，这些文献有希腊语的，也有波斯语和西里尔语的。他和他的门徒投身于翻译《圣经》和当时重要的文学经典这一艰巨任务。正是从那时起，这个国家的文化才真正获得了自己的身份，并一直延续到今天。

噢，神圣译者。我的手中握着花，心中想到了一些我从未见过，也可能这辈子都不会有机会见的人，但此刻，或许他们手中正捧着我的某一本书，在尽最大努力忠实对待我想要和读者分享的内容。我首先想到的是我的岳父——克里斯蒂亚诺·蒙泰罗·奥蒂西卡（职业：译者），我想他今天一定在其他天使和圣梅斯罗普的陪伴下目睹了此刻的这一幕。我还能记起他弓着背坐在一架老旧的打字机前，常常抱怨翻译的稿酬有多低（可叹，如今仍然如此）的场景。但他会立刻补充道，他做翻译的真正初衷是他想分享知识，而若是没有翻译人员，这些知识永远无法被他的同胞们读到。

我默默地为他祈祷，也为所有替我的书出过力的译者祈祷，为那些将译本带到我身边的人祈祷——没有他们，或许我永远都不会读到那些书，而正是这些人在默默无闻中影响了我的人生和性格。当我离开教堂时，我看到一些孩子在用字母形状的糖果和许多许多鲜花尝试拼出整张字母表。

当人类的野心直冲天庭时，上帝摧毁了巴别塔，人间产生了各种不同的语言。然而，神有无尽的恩典，他又创造了能重新搭起沟通桥梁的人，他们能建立对话，让人类思想得以传播。翻开一本外文书时，有些名字我们很少会去留意，但那就是他们——译者。

巴埃彭迪的弗朗西斯婆婆 [①]

什么是奇迹？

每一种奇迹都有不同的定义。可能是违反自然规律的一种现象，可能是在重大危机时刻神来一笔的干预，也可能是科学无法解释的一种存在，数不胜数。

我也有自己的定义：奇迹是让灵魂注入平和的东西。有时，它显现的形式是使人得到治愈，或让愿望得以实现。但形式并不要紧。重要的是，当奇迹发生时，我们终会对上帝赐予的恩

___

① 弗朗西斯卡·德·保拉·德·耶稣（Francisca de Paula de Jesus），俗称弗朗西斯婆婆（Nha Chica），是巴西罗马天主教的教友，以其谦虚的生活和对上帝的奉献精神而成为巴西受欢迎的宗教人物。——译者注

典深感敬畏。

二十多年前，我还是个嬉皮士，我姐姐想让我当她的第一个孩子的教父。我受宠若惊，尤其让我开心的是，她并没有要求我剪去长发（当时我的头发几乎已经长及腰部了），她也没有要求我准备昂贵的受洗礼物（我根本没有钱买）。

后来孩子出生了，一年过去了还没受洗。我想也许我姐姐改变了主意，于是我去向她问清情况。她回答道："你仍然是我女儿的教父。我只是向弗朗西斯婆婆许下过承诺，我希望让她在巴埃彭迪受洗，因为弗朗西斯婆婆实现了我许下的愿望。"

我不知道巴埃彭迪在哪里，我甚至从未听说过弗朗西斯婆婆。不过那时我的嬉皮士生活已经结束了，我成了一家唱片公司的主管。我姐姐又生了一个孩子，但孩子们依旧没有接受洗礼。最后，在1978年，她做出了一个决定，她的两个家庭——她自己的家庭和她前夫的家庭，要一起去巴埃彭迪。我在那里了解到了弗朗西斯婆婆的故事，她没钱养活自己，却花了三十年时间建造起一座教堂来帮助穷人。

当时我正在经历人生中非常动荡的一个时期，我不再相信上帝，或者说，我不再相信精神世界的重要性。我认为现实世界和世俗成就才是至关重要的。我放弃了年轻时的疯狂梦想——包括成为作家的梦想——我不打算再回到那个梦的世界了。所以，此刻我在那个教堂里只是为了履行一项社交任务。

在等待洗礼开始的时间里，我在外面闲逛，最后走进了教堂旁边的弗朗西斯婆婆的简陋小屋。里面有两个房间，一个小祭坛，上面有一些圣徒画像，还有一个花瓶，花瓶里有两朵红玫瑰和一朵白玫瑰。

突然，一股与我当时想法完全不符的冲动涌上心头，我做出了一个承诺：如果有一天，我能成为自己曾经梦想成为的作家，我会在五十岁时回到这里，我会带上两朵红玫瑰和一朵白玫瑰。

我买了一张弗朗西斯婆婆的照片，纯粹是作为参加洗礼的一个纪念。在返回里约热内卢的路上，发生了一场事故：我前面的公共汽车突然刹车，在千钧一发之际，我竟然成功转弯避让，我姐夫也和我一样，但我们后面的一辆车径直撞上了公共汽车，当场发生了爆炸，有好几个人丢了性命。我们把车停在路边，不知道该怎么办。我伸手到口袋里想掏一支烟，却摸到了弗朗西斯婆婆的照片，仿佛是她默默保佑着我们。

从那里、那一刻起，我又回到了追求梦想、探索精神世界和进行文学创作的征程。直到有一天，我发现自己又在为自己的使命而战斗，这是一场能让内心充满平和的战斗，因为这就是奇迹带来的感受。我从未忘记那三朵玫瑰。终于，我那感觉上遥遥无期的五十岁生日如期而至。

事实上，我的生日都快过了，当时正值世界杯期间，我终于去到巴埃彭迪履行了我的诺言。有人看到我抵达卡桑布（我在那里过的夜），一位记者前来采访我。当我告诉他此行的目的时，他说：

"你想谈谈弗朗西斯婆婆吗？她的尸体本周被挖掘出来，目前正在梵蒂冈进行宣福礼。人们应该讲讲与她相关的经历。"

"不，"我说，"这太私人化了。我还是不说了，除非我接收到什么预兆。"

当时我心里想的是：如果有，那会是什么样的预兆呢？除非有人替她说话。

第二天，我买了花，上了车，奔赴巴埃彭迪。我把车停在离教堂有一些距离的地方，我想起了多年前来到这里的那个唱片公司高管，想起了让我再次回到这里的许多事情。

当我进那间小屋时，一位年轻女子从一家服装店走出来，她对我说："我留意到你那本《如是书呈》（Maktub）是献给弗朗西斯婆婆的。我打赌对此她一定非常欣慰。"

除此之外，她什么都没说。但那是我一直在等待的预兆。所以，我决定公开这段故事。

在里约热内卢的科帕卡巴纳

　　我和妻子是在科帕卡巴纳的康斯坦特·拉莫斯大街的街角上遇到这位老妇人的。她约莫六十岁，坐在轮椅上，迷失在人群中。我妻子主动提出要帮助她，老妇人接受了我妻子的好意，请求我们带她去圣克拉拉大街。

　　她的轮椅后面挂着几个塑料袋。在路上，老妇人告诉我们，那些袋子里装的是她的所有家当。晚上她睡在商店门口，平时靠救济过活。

　　最后我们抵达了她的目的地，那里还聚集着其他乞丐。老妇人从她其中一个塑料袋里拿出了两盒常温保鲜装牛奶，递给了这个小群体中的其他人。

　　她说："别人对我很仁爱，所以我也必须仁爱待人。"

禁止入内

在西班牙的奥利特附近，有一座已经成为废墟的城堡。我决定去那里参观，但当我站在城堡面前时，门口有个男人对我说："你不能进去。"

直觉告诉我，他这么说纯粹是因为他很享受对我说"不"。我向他说明自己是千里迢迢赶来的，还尝试了给他小费，我尽量对他好言好语，我还指出，说到底这不过是一座废弃的城堡。我感觉突然之间，进到那座城堡成了一件对我来说非常重要的事。

"你不能进去。"那个人再次重复道。

我只剩下一个选择了：继续往里走，看看他是否会上前出手阻拦我进去。我朝着门走去。他看着我，却没有采取任何行动。

当我要离开的时候，有另外两名游客刚到，他们也顺利走了进来。门口的男人并没有试图阻止他们。我觉得，那是多亏了我之前的抗争，这个男人似乎已经决定不再随意发明荒谬的规则了。

有时，世界要求我们为我们所不了解的东西抗争，而这些东西的意义我们可能永远都不会懂。

✐ 摧毁与重建

我受邀去端岛参观一座禅宗寺庙的遗址。到达那里时，我惊讶地发现这座瑰丽的建筑就在一片巨大的荒地旁，隐身于一片广袤的树林中间。

我问那块荒地是做什么用的，负责人解释道：

"那是我们建造下一座庙宇的地方。每隔二十年，我们就会摧毁你眼前看到的这座庙宇，并在旁边将它重建。这意味着，受过木工、石工和建筑培训的僧侣们总在使用他们的实用技能，并将其传授给他们的弟子。这还能让他们看到，世上没有什么是永恒的，就连寺庙也需要不断迭代更新。"

未曾发生的邂逅

我们常常会遇到一些想与之攀谈的陌生人，却又总是缺乏这样做的勇气，我相信这种情况一周里起码会发生一次。几天前，我收到了一封与这个话题有关的来信，来信的这位读者我且称其为安东尼奥。下面我来简要介绍一下发生在安东尼奥身上的事情。

有一天，我走在马德里的格兰大道上。突然，我看到一名身材娇小、穿着考究的白人女子正在向路人乞讨。当我走近时，她想要我给她几个硬币来买三明治。在巴西，我习惯了乞丐都穿着破衣烂衫，所以决定不给她任何东西，径直往前走。然而，她投来的眼神让我产生了一种奇怪的感觉。

我走到了我住的酒店，但突然感觉到一种难以理解的冲动，想回去给她一些钱——我当时正在度假，刚吃过午饭，口袋里还有些钱。我还想，她那样逼不得已在街上乞讨，被大家盯着一定非常丢脸。

　　于是，我回到了刚刚见到她的地方。但她已经不在那里了。我找遍了附近的街道，也没找到她的踪迹。第二天，我又找了一遍，但依然是徒劳。

　　从那天起，我一直睡不好。回到巴西之后，我向一位朋友倾诉了这段经历。她说我错失了建立某些重要联系的机会，并建议我请求上帝的帮助。于是我开始祈祷，似乎听到一个声音说，我必须再次找到那个乞讨的女人。那段时间，我常常在夜里哭着醒来。我意识到我不能再这样下去了，所以我凑了足够的钱，买了一张回马德里的票，想找到那个乞丐。

　　我开始了一个似乎没有尽头的搜索，我全身心地投入其中。但时间在流逝，我的钱也快用完了。我不得不去旅行社更改了回家的航班日期，因为我已经下了决心，要是不找到她，不把第一次见面时没给她的钱给到她，我就不回巴西。

　　从旅行社走出来的时候，我在一个台阶上绊了一下，撞到了一个人——竟然就是我要找的女人。

　　我不假思索地伸手从口袋里掏出了我所有的钱，递给她。那一刻，我感受到了一种深邃的平和，感谢上帝给了我第二次无言的邂逅，给了我第二次机会。

　　自那之后，我又去过西班牙好几次，我知道我不会再见到她了，但我已经完成了我内心要求自己做的事。

澳大利亚人和报纸广告

　　我站在悉尼港，眺望着连接港口南北两岸的雄伟的悉尼海港大桥。一个澳大利亚人走到我面前，要我把报纸上的广告念给他听。

　　"报纸上的字太小了，"他说，"我看不清上面写的是什么。"

　　我试着看了看，但我也没带老花镜。于是我对那个人说"不好意思"。

　　"哦，没关系。"他说，"你知道吗，我认为上帝的视力也不太好，不过这并不是因为他老了，而是故意的。因为这样一来，如果有人做错了事，他就可以说自己看不太清，这样就能顺理成章地宽恕那个人了，因为他不想做不公正的判断。"

　　"那如果有人做了好事呢？"我问。

"啊，这个嘛，"那个澳大利亚人笑着边走边说，"上帝当然不会把他的眼镜留在家里啦！"

在罗马：伊莎贝拉从尼泊尔回来

　　我约伊莎贝拉在我们常去的一家餐厅见面，那家餐厅的食物非常好吃，但客人一直不多。席间她告诉我，在尼泊尔旅行时，她在一座寺院里住了几个星期。一天下午，她和一位僧侣在寺院附近散步，突然僧人打开了随身携带的袋子，站了许久，一直在研究袋子里的东西。然后他对伊莎贝拉说："你知道吗，香蕉也能教给你生命的意义。"

　　他从袋子里取出了一根烂掉的香蕉，并把它丢掉了。

　　"这就是迄今为止已经逝去的生活，虽未物尽其用，但为时已晚。"

　　随后僧人又从袋子里取出了一根还是青色的香蕉，他拿给伊莎贝拉看了看，又把香蕉放回了袋子里。

"这是生活中尚未发生的部分，我们唯有等待时机成熟。"

最后，他拿出一根熟透的香蕉，剥去皮，与伊莎贝拉分享。

"这就是此时此刻，我们要学习无畏无悔地去大快朵颐。"

诺玛和一些开心事

　　诺玛住在马德里，她是一位非常特别的巴西女性。西班牙人称她为"摇滚奶奶"。她已经六十多岁了，还活跃在各种工作中，组织活动、派对和音乐会。

　　有一天凌晨，大约4点的时候，我已经累得几乎站不住了，我问诺玛，她是从哪里获得如此多能量的。

　　"我有一本神奇的日历。你要是愿意，我可以给你看看。"

　　第二天，我去了她家。她拿出一本用旧了、写满字的日历。

　　"你看，今天是他们研发出脊髓灰质炎疫苗的日子，"诺玛说道，"这多美好呀，我们得庆祝一下！"

　　诺玛会在一年的每页日历上写下那天发生过的好事。于是对她来说，生活就总有快乐的理由。

在德国的某个小镇

"这可真是一座有趣的纪念碑啊，不是吗？"罗伯特说道。我们身处德国的一个城镇，深秋的夕阳正要渐渐西沉。

"我什么也没看见啊。"我说，"只有一个空荡荡的广场。"

"纪念碑就在我们脚下。"罗伯特坚称。

我低头往下看，只看到普通的石板，每一块都是一样的。我不想让朋友失望，但我真的没在广场上看到任何其他东西。

罗伯特解释道："它被称作'隐形纪念碑'。每一块石头的下面都刻着一个发生过屠杀犹太人事件的地名。一群匿名艺术家在第二次世界大战期间建造了这个广场，并在发现新的屠杀地点后陆续添加石板。尽管没人能看到，但这些石板会留在这里作为见证，而未来终会发现过去的真相。"

在电通画廊的会面

三位衣着光鲜的男士出现在我在东京下榻的一家酒店里。

"昨天你在电通画廊做了一场演讲,"其中一名男子说道,"我只是碰巧去了那里,我到场的时候你正在说,没有哪次邂逅是偶然的。我想也许我们应该自我介绍一下。"

我没问他们是怎么知道我住在这里的,事实上我什么都没问——有能力跨越这些困难的人值得我们尊重。其中一个人递给我一本书,翻开发现里面是一些日本书法。我的翻译突然变得很兴奋。这位先生是相田一人,他是一位我从未听说过的日本大诗人的儿子。

正是这种因缘际会的神秘性,让我有机会知道并读到了诗人兼书法家相田光男(1924—1991 年)的精彩作品,继而可以与我的读者分享，他的诗歌提醒了我们纯真的重要性。

因为它活得很充实
干燥的草地仍然吸引着路人的目光。
花仅仅只是花，
它们尽其所能成为一朵花。
白色的百合花，在山谷中盛开，
无须向任何人解释，
仅仅为美丽而活。
然而，人不能接受"仅仅"这一点。

如果西红柿想成为甜瓜，
那它们看起来会非常可笑。
我总是很费解，
有那么多人费尽心思，
想成为不是他们的样子。
让自己看起来可笑有什么意义呢？

你不必总是假装坚强，
没有必要去证明一切都很顺利，
你不应该关心别人的想法。

如果你需要哭，

把你所有的眼泪都哭出来就好。

（因为只有这样，你才能再次微笑。）

有时，我会在电视上看到隧道或桥梁的落成典礼。通常会有许多名人和地方政客站成一排，站在最中间的往往是大领导或地方首长。这些人会进行剪彩。随后，当项目负责人回到办公桌前，他们还会发现许多表示认可和钦佩的信件。

那些在项目上挥汗如雨，勤勤恳恳，挥舞铁镐、铁锹，为了完成项目熬过酷暑严寒的人，却从不会露脸，只有那些干活不流汗的人总是最出风头。

我希望自己能看到那些看不见的面孔，能看到那些不追求名气或光环的人，他们默默地完成生活赋予他们的角色。

我希望能够做到这一点，因为最为重要的恰恰是那些从未露面的事物，它们塑造着我们的生活。

∽詹代法则

"您如何看待玛莎·路易斯公主？"

一位挪威记者在日内瓦湖畔采访我时问道。一般来说，我拒绝回答与工作无关的问题，但在这件事上，我能理解他提问背后的好奇心：这位公主在她三十岁生日时穿的一件礼服，上面绣着许多人的名字，那些都是她生命中出现过的重要的人——我的名字也在其中（我妻子认为这是个好主意，她决定在自己五十岁生日时也这么做，还要在某个角落里加上"受挪威公主的启发"）。

"我认为她是一个善解人意、礼数周全、天资聪慧的人，"我回答道，"我很幸运能在奥斯陆见到她，她还介绍我认识了她丈夫，她丈夫和我一样也是一名作家。"

我停顿了一下，但决定继续说下去。

"有一件事我不明白：为什么挪威媒体在他成为公主的丈夫之后要开始攻击他的文学作品呢？以前他的作品可是常常都能得到非常积极的评价的。"

这并不是一个真正的问题，更像是一种挑衅，因为我都可以想象到答案会是什么样的。评论改变的原因就是嫉妒，这是人类最煎熬的情绪。

然而，这位记者比我想象的更老练。

他说："那是因为他违反了詹代法则。"

由于我确实从未听说过这个法则，于是他做出了解释。当我与他告别，继续我的旅程时，我意识到在斯堪的纳维亚地区，确实很难找到没有听说过这个法则的人。它可能从文明之初就已经存在，但直到1933年，才由作家阿克塞尔·桑德摩斯在他的小说《难民迷影》中正式以书面形式记录下来。

可悲的事实是，詹代法则不仅存在于斯堪的纳维亚半岛。虽然巴西人可能会说"这只会发生在我们这里"，法国人可能会坚信"只有法国才是这样"，但这是一条适用于全世界的规则。我想读者现在一定感到不耐烦了——读了一半，却还不知道詹代法则到底是什么——那我将在这里用自己的话总结一下："你毫无价值；没有人在意你的想法，因此你最好选择平庸和匿名。遵循这个做法，你就不会在生活中遭遇任何重大问题。"

詹代法则将羡慕和嫉妒的情绪置于背景中，对于像玛塔·路易斯公主的丈夫阿利·贝恩这样的人来说，生活一定会给他带来很多问题。而这只是该法则的其中一个消极面。它还有更凶险的一面。

正是因为这个法则，世界被一些人以各种方式操纵着，这些人不怕别人会说什么，最终往往能达到自己的邪恶目的。我们刚刚目睹了一场毫无意义的伊拉克战争，而且这场战争还在继续夺走许多人的生命；我们看到了富国和穷国之间存在的巨大差距；我们随处可见社会不公、暴力猖獗、人们因无端又窝囊的攻击而被迫放弃自己的梦想。在第二次世界大战开始之前，希特勒以各种方式表明了自己的意图，而他之所以能继续执行计划，就是因为他知道，没有人敢挑战他——原因就在于詹代法则。

平庸的人可能过得很惬意，直到有一天，悲剧降临，然后他们会想：为什么明明每个人都能看到将要发生什么，却没有人站出来说些什么？

道理很简单——没有人说，是因为你自己也什么都没说。

因此，为了防止情况变得更糟，或许是时候写一篇《反詹代法则》了：你的价值完全超越你的想象。尽管你可能还无法相信，但你所做出的贡献，以及你在这个世界上的存在是至关重要的。虽然这样的想法可能会让你因为违反了詹代法则而身陷许多麻烦，但千万不要害怕。就继续无所畏惧地生活下去，你最终会获得胜利。

科帕卡巴纳的老太太

她站在大西洋大道的行人专用道上，拿着吉他和一张手写的告示："让我们一起唱歌吧。"

一开始只有她自己唱。随后来了一位醉汉和另一位老太太，两人开始和她一起唱。很快便聚集起了一小群唱歌的人，另一小群人则组成了观众，每首歌结束时都会给他们鼓掌。

"您是怎么想到要这么做的呢？"我在两首歌的间隙见缝插针地问道。

"这样就不孤单了呀！"她说，"我的生活非常孤独，就像几乎所有的老人一样。"

真希望每个人都能像这位老人一样解决他们的问题。

第四章

走向光明之地

弓之道

重复的重要性

行动是思想的具象显现。

即便最细微的姿势也会暴露我们的不足，所以我们必须精益求精、琢磨细节，把技术打磨到出神入化、形神合一的境界。所谓形神合一，就是不管什么样的动作序列，都能靠本能的反应超越单纯的技术。

因此，在经过长时间的练习之后，我们就不需要再去想那些动作要领了，因为它们已经和我们融为一体了。但为了做到这一点，你必须反复地练习。

如果还不行，你只能周而复始，重复再重复。

你可以看看熟练的钢铁工人。在未受过训练的人看来，他只是在重复同样的重击。但是任何一个谙熟弓道的人都知道，每次铁匠举锤落锤时，他的击打力度都是不同的。虽然手重复着同样的姿势，但当锤子靠近金属时，手知道要用多大的力道去接触金属。

你可以再看看风车。只瞥了一眼叶片的人会说，它们似乎总是在以相同的速度朝着同一个方向转动。但熟悉风车的人知道，风车受着风的控制，需要的时候也会改变转动的方向。

铁匠的手势是通过成百上千次重复的锤击才练成的。风力强劲时，风车的叶片会飞速转动，从而确保齿轮的平稳运行。

弓箭手也要经历无数次脱靶的远射，因为他知道，只有把动作重复数千次，不怕犯错，才能真正学到弓箭、姿势、弦和箭靶中的奥义。

直到有一天，弓箭手在拉弓时不再需要思考自己的动作。从那一刻起，他才算真正和他的弓、他的箭、他的箭靶，融为一体。

如何观察箭的飞行

一支离弦的箭是射箭者的意图在空间中的投影。

箭一旦射出，就脱离了射箭者的掌控，此时他能做的只是目送着箭飞向箭靶。从那一刻起，他也不再需要保持拉弓时的张力了。此时射箭者虽然眼睛还一直盯着箭的飞行轨迹，内心却已松弛，脸上也会露出微笑。

如果射箭者习射充分，已经能做到形神合一，并能在整个射箭过程中都保持优雅和专注，那他就会在这一刻体会到宇宙的存在，感觉整个过程适得其所，心满意足。

技术能使双手准备就绪，呼吸精准，目及箭靶。形神合一则能让放箭的那一刻做到完美。

虽然那一刻经过射箭者身边的人或许只是看到这个人张开双臂，目光紧盯着箭，并不会觉得有什么特别，但同道之人会懂得，射出那一箭时那个人意念的维度已经发生了变化，他已经和整个宇宙产生了联结。射箭者的意念还在不断运作，吸取刚才那一发的可取之处，反省可能存在的错误，也欣然接受其中的优点，并等待着观察箭击中目标时箭靶的反应。

当一个人拉弓时，他可以透过自己的弓看到整个世界。当他的目光追随着箭飞行时，世界仿佛离他越来越近，轻抚他，给他一种完满的成就感。

练习弓道之人，只要做好了自己的本分，并将自己的意图转化为行动，他就无须再有任何担心，因为他已经做到了他应该做的事情。他不会允许自己被恐惧征住。即使箭没有命中目标，他还会有新的机会，因为他不会向懦弱屈服。

◎ 在拉弓时不再需要第三种激情

在过去的十五年里，有三样东西曾激起我强烈的兴趣，那些兴趣表现为：不论你读什么都能找到与之相关的内容，痴迷地谈论它，寻找与你有共同兴趣的人，想着它入睡，再想着它醒来。第一样是电脑。在我把电脑买回家的那一刻，我便永远抛弃了我的打字机，我发现电脑能给我自由——正如现在，我在一个法国小镇上写着这篇文章，用的这台电脑也就差不多三磅重，但里面装着我十年职业生涯的成果，而且我可以在不到五秒钟的时间里搜索到我需要的任何东西。第二样是互联网。在我第一次接触互联网的时候，网上能获取的知识量就已经能超过最大的传统图书馆了。

然而，第三样东西与技术的进步无关。那就是……弓箭。

我在年轻的时候，读过一本引人入胜的书，书名叫作《箭术与禅心》（*Zen In the Art of Archery*），作者是奥根·赫立格尔，书中作者描述了自己在这项运动中的精神历程。从那时起，对弓箭的兴趣就一直停留在我的潜意识里，直到有一天，在比利牛斯山上，我遇到了一位弓箭手。我们聊了会儿天，他借给我一把弓和一些箭，自那以后，我几乎没有一天不练习射箭。

住在家里的时候，我就在巴西的公寓里竖起了一个箭靶（那个箭靶很显眼，有客人到访时很容易找到这个目标）。住在法国的山区时，我每天都在室外练习，但截至目前，我也因此躺倒过两次了，因为在零下六摄氏度的环境中待了两个多小时后，身体出现了失温症状。两天前，我因为手臂姿势不正确，导致肌肉发炎，十分痛苦，我只能靠强力止痛药，才撑着出席了今年在达沃斯举行的世界经济论坛。

弓箭的魅力在哪里？能够用弓箭（一种可以追溯到公元前三万年的武器）击中目标并没有什么实际的用武之地。但第一次唤醒我激情的奥根·赫立格尔却深谙弓箭的妙处。以下是出自《箭术与禅心》中的一些摘录（相信也适用于日常生活中的方方面面）。

当你用力的时候，要专注把力用在需要发力的地方；否则，就先保存你的力气。借助弓箭学会一个道理：为了实现某件事，你并不需要迈出巨大的一步，而只需要专注于你的目标。

我的老师给了我一把很硬的弓。我问他为什么要把我当作一个专业运动员来训练。他回答说："如果一开始只让你接触简单的事，那当你面对艰巨的挑战时就会毫无准备。最好的方式是一开始就让你知道接下来可能会遭遇什么困难。"

有很长一段时间，我都无法正确地拉弓，直到有一天，我的老师向我展示了一种呼吸练习，拉弓就突然变得轻松了起来。我问老师为什么时隔这么久才来纠正我。他回答说："如果我一开始就教你这个呼吸练习，你一定会认为没有必要。但现在，你不但会把我的话听进去，还会好好练习，因为你意识到了这个练习的重要性。这就是称职的老师该做的事。"

放箭那一刻可说是水到渠成的瞬间，但首先你必须对弓、箭和箭靶有深入的了解。在面对生活中的挑战时，做出完美的回应也需要凭直觉，但只有在我们完全掌握了应对章法之后才可以忘却这些技巧。

四年后，当我掌握了弓道之后，我的老师向我表达了祝贺。我感到很高兴，说我现在才练成了一半。但我的老师却说："不，为了避免陷入危险的陷阱，最好在你练到九成功力的时候再说你练成了一半。"①

---

① 注意：使用弓箭有危险。在一些国家（如法国），弓被列为武器，你必须持有必要的许可证，且只有在有明确授权的地方才能练习射箭。——作者注

登山杖和规则

2003 年秋天的某个深夜，我在斯德哥尔摩市中心散步，看到一名女子拄着滑雪杖在走路。我的第一反应是猜测她一定遭遇了什么伤害事故，但后来我注意到她的步伐迅速而有节奏，就像是在滑雪一样。当然，我们周围只有柏油路。所以，显而易见的结论是：这个女人一定是疯了。不然她怎么可能在城市的街道上假装滑雪呢？

回到酒店，我跟我的出版商提起了这件事。他说，真要说有人疯了，那一定是我。我所见到的是一种被称为"北欧式健走"的运动形式。据他说，这能带给人更全面的锻炼，因为除了会用到腿部肌肉，也会用到手臂、肩膀和背部的肌肉。

平常我去散步（还有射箭，这是我最喜欢的消遣）时，我的主要目的是自省和思考，去看看周围美妙的事物，还可以一边走路一边和我妻子聊天。出版商所说的"北欧式健走"很有趣，但我也没多想。

有一天，我去一家体育用品商店购买射箭用的装备，不经意间看到了一款新品登山杖。它们是由轻质铝材制成的，可以像伸缩式摄影三脚架一样调节长度。我想起了北欧式健走——为什么不试试呢？于是我买了两对，一对自己用，一对送给妻子。回到家，我俩将登山杖调整到了各自合适的高度，决定第二天就要用它们来试一试。

结果我们在第二天收获了惊喜的体验！我们走上山又走下山，真的感觉身体的各个部位都在运动，而且身体的平衡也保持得更好了，人还没以前累。在一个小时里，我们步行的距离是平时的两倍。有一处干涸的河床我早就想去探索了，但在石头上行走对我来说太困难了，因此之前一直未能成行。我心想，有了登山杖说不定会容易得多。结果正如我所料。

我妻子上网查询之后发现，她消耗的卡路里比正常走路多了46%。她非常激动，从此以后北欧式健走便成了我们日常生活的一部分。

一天晚上，单纯为了消遣，我决定上网看看还能查到点什么。结果却被震惊到了。网上有一页又一页的资料，还有相关的联合会、小组、论坛、模型，以及规则。

不知道在什么东西的驱使下，我打开了有关规则的那个页面，但我越读就越感到沮丧，因为我发现自己各个细节都没做对！我的手杖应该被调节到一个更长的长度；行走中我应该保持一定的节奏，并以特定的角度握住手杖；肩膀的动作十分复杂，还要注意肘关节的特殊用法。简而言之，一切都必须符合一系列严格的、既定的技术动作。

我把所有规则都打印了出来。第二天，以及接下来的几天，我试图严格按照专家的要求去做。一切却变得不那么有趣了——我无暇去注意周围的美景，也顾不上跟妻子聊天，因为我一心只想着规则。一周后，我问自己：为什么我要学习这些规则呢？

我走路不是为了把它当作某种健身运动。我敢肯定，那些发明北欧式健走的人最初也只是为了享受步行的乐趣，想改善身体的平衡能力，让全身上下都动起来。我们凭直觉就能找到最适合自己的手杖长度，正如我们凭直觉推断就知道手杖越贴近身体，行动起来就越自如、轻松。但现在，因为这些规则，我无法再专注于我喜欢做的事，而是更加关注消耗了多少卡路里、肌肉如何运动，以及要用到哪一段脊椎。

我决定忘掉我学到的一切。现在我们还是会拄着登山杖去走路，享受周围的世界，感受到身体的运动和平衡。如果我的目的是健身而不是徒步冥想，那我会去健身房。但目前，我对自己这种放松的、忠于天性的北欧式健走十分满意——哪怕我不会额外消耗 46% 的卡路里。

我不懂为什么我们人类总是痴迷于为一切事物制定规则。

如何爬山

选择你想攀爬的那座山

不要因为别人说"那座山更美"或"那座山看起来更容易爬"就被他们影响了。你将要投入大量的精力和热情来实现你的目标，而只有你能对自己的选择负责，所以你必须非常确定自己要做什么。

探索如何抵达那座山

当你眺望还在远处的高山时，常常会觉得它优美、有趣、充满挑战。然而，当你试图靠近它时，又会发生什么？它被错综复杂的道路包围，森林横在你和你想到达的顶峰之间，在地图上看起来很清晰的路径在现实中却要复杂得多。因此，你必须尝试所有的路径和小道，直到有一天，你会发现自己已经来到了你想攀登的山峰脚下。

向到过那座山的人学习

无论你认为自己有多独特，总有人和你有过同样的梦想，他们会留下一些标记，让攀登少一些艰难：让你看到在哪里系绳子最好，前人踏足过的小径、砍断的树枝让你更容易通行。虽然这次攀登是自己的征途，你要对自己负责，但不要忘记，别人的经验总会对你有帮助。

看得到的危险都是可控的

当你开始攀登梦想中的山峰时，你要注意周围的一切。路途中肯定难免遇到悬崖峭壁，也会有难以察觉的裂缝。有些石头被风雨打磨得像冰一样光滑。但只要知道要把脚放在哪里，你就能及时发现并避开危险。

别错过景色的变化

诚然，你必须时刻牢记自己的目标——到达顶峰。然而，在你攀爬的时候，你身边的景色也会发生变化，偶尔停下来欣赏风景也未尝不可。每爬一米，你就能看得更远一点。所以，何不花点时间，去发现你以前从未留意过的东西呢？

尊重你的身体

只有当你给予身体充分的照顾后，你才有可能成功登顶。生活给了你足够的时间，所以不要太苛求自己的身体。如果你走得太快，就很容易感到疲倦，甚至不得不半途放弃。如果你走得太慢，可能很快天就黑了，你很可能会迷路。所以，尽管欣赏沿途的风景，取用清凉的泉水，享用大自然慷慨提供的果实，但不要停下你攀登的脚步。

尊重你的心灵

不要重复对自己说"我会去做的"，你内心已经清楚这一点了。我们要利用这些漫长的徒步来获得成长，去追逐地平线，去触摸天空。执念无助于你对目标的探索，最终还会破坏攀登的乐趣。另外，不要不断重复"这比我想象中的更难"，因为这会削弱你的内在力量。

要做好走弯路的心理准备

到达山顶的距离总是比你想象中的要更远。要知道，总有那么一刻，你会发现似乎已经很接近的目标仍然离你很遥远。但如果你心中已经做好了准备要多走一些路，那这就不成问题了。

尽情享受登顶的时刻

你成功登顶了——哭吧，为自己鼓掌吧，放声高呼吧。让风（因为山顶总是风很大）净化你的思想，冷却你炎热疲惫的脚，睁开你的眼睛，吹走你心中的浮尘。这顶峰曾经只是一个梦想、一个遥远的愿景，现在已经成了你生活中的一部分。你成功了，这很了不起。

定下新的目标

既然你现在发现了一种之前并不自知的力量，就请告诉自己在余生中都要使用它。也请向自己许下承诺，去发现另一座山峰，开始新的冒险。

讲述你的故事

没错，请分享你登山的故事，成为别人的榜样。让每个人都知道这是可以做到的，让别人找到勇气去攀登他们心中的大山。

剑的艺术

　　许多个世纪前，在日本武士时代，有一本关于剑的精神艺术的书——《冷静的理解》（*Impassive Understanding*），也被称为《塔兰论》（*The Treatise of Tahlan*），"塔兰"是作者（他既是剑术大师，也是禅师）的名字。我改编了以下几节：

　　保持镇定。任何了解生命意义的人都知道，万物无始无终，因此担心是没有意义的。你只要为自己的信仰而战，不用试图向任何人证明任何事；要始终保持缄默、镇定，做一个有勇气选择自己命运的人。

　　这适用于爱情和战争。

　　听见心声。任何人，一旦笃信自身魅力超群、能言善道、身手不凡，就会对"心声"充耳不闻。只有当我们与周围的世界充分和谐相处——而非自认为是宇宙的中心时，我们才能听到"心声"。

这适用于爱情和战争。

成为他人。我们如此专注于自认为最好的态度，却忘记了一些非常重要的事情——为了实现我们的目标，我们需要其他人。因此，我们不仅要观察世界，而且要把自己代入他人的立场，学习如何理解他们的想法。

这适用于爱情和战争。

寻觅良师。我们的人生总会与他人的相交，这源于爱或骄傲，这种相遇是为了教会我们一些东西。我们该如何区分朋友和操纵者呢？答案很简单：真正的老师不会告诉我们哪条路最理想，而是会教我们许多方法，以便我们找到并走上自己的命运之路。一旦我们找到了那条路，老师就无法再帮助我们了，因为每个人要经历的挑战都是独一无二的。

这并不适用于爱情或战争。但如果不能明白这个道理，我们就会寸步难行。

躲避威胁。我们经常认为，为了梦想而放弃生命是一种理想的态度。但没有比这更离谱的了。为了实现梦想，我们需要保护自己的生命，因此，我们必须知道如何躲避威胁。我们把具体步骤计划得越详细，出错的可能性就越大，因为我们没有考虑到四件事：他人、生活的教诲、激情和镇定。我们越是觉得自己能控制一切，就越会走向失控。威胁来临时不会发出任何预警，我们也做不到像是计划周日下午去散步那样给以迅速的反应。

因此，如果你想与你的爱或斗争和谐相处，就要学会快速反应。通过训练有素的观察，不让你想象中的生活经历把你变成一台机器。要利用这种经历，不断倾听"心声"。即使你不同意这个声音所说的话，也要尊重它，听从它的建议：它知道什么时候行动，什么时候避免行动。

这适用于爱情和战争。

茶道

在日本，我参加了一次茶会。

走进一间小茶室，主人端上茶，实际过程仅此而已，但其中每个动作都如此具有仪式感，以至于一件平凡的日常事件变成了与宇宙交流的时刻。

撰写《茶之书》的冈仓天心对此做过如下阐述：

"茶道是对唯美主义和质朴的崇拜。由一个人倾尽全力，通过日常生活中不完美的姿态来实现完美。茶道之美在于对仪式的尊重。如果仅是一杯茶就已经能够让我们更接近上帝，那么我们也该留意到平凡日子给予的许多其他机会。"

关于书和藏书

　　我的藏书并不算多。几年前，在"用最少的有形财物获得最高的生活品质"这一想法的驱使下，我做出了一些取舍。这并不意味着我选择过苦行僧的生活，相反，摆脱了一些财物之后，你可以获得巨大的自由。我的一些朋友（无论男女）抱怨自己的衣服太多，以至于要浪费很多时间来决定穿什么。现在我已经把我的衣柜精简到只有"黑色基本款"，所以我就没有这样的烦恼了。

　　不过我想探讨的并不是时尚，而是藏书。回到开头想说的重点上，我决定在自己的私人藏书中只保留四百本书，其中一些是对我来说有特殊意义的，另一些是我会常常反复阅读的。我之所以做出这个决定是出于各种不同的考量，但其中一个原因是，我看到过一些藏家过世后，他们用一生精心挑选、积累起来的藏书，被草草地处理掉，毫无尊重可言。再说了，何必要把书都藏在家里呢？是要向我的朋友们证明我多有涵养，还是纯粹当作一种装饰？把我买的那些书放到公共图书馆去会比放在我家有用得多。

我过去常说，我需要这些书，是因为可能会在书里查些资料。然而现在，想查资料时，我会打开电脑，输入关键字，屏幕上立马会出现我需要知道的一切——这都要感谢全球最大的图书馆：互联网。

当然，我还是会继续买书——没有任何电子产品可以代替它们。但当我读完一本书后，我就会放手，把它送给别人，或者捐给公共图书馆。我这么做的初衷不是拯救森林，也不是纯粹慷慨大方。我只是相信，一本书有它自己的旅途，不该被迫困在书架上。

作为一名作家，就像我这样的，得靠版税生活，我这么做可能对自己的营生不利——毕竟书卖得越多，我赚的钱也越多。然而，这对读者来说是不公平的，尤其在许多国家，图书馆购书花费了很大一部分政府预算，但显然并没有基于两个重要的标准——阅读的乐趣和写作的质量，做出认真的选择。

让书籍自由地流动起来吧，让更多人的手能接触它们，让更多人的眼睛能欣赏它们。当我写到这里时，我模糊地记起了豪尔赫·路易斯·博尔赫斯的一首诗,那首诗谈到了那些可能永远不会再被翻开的书。

我现在在哪里呢?我坐在法国比利牛斯山地区的某个小镇咖啡馆里,享受着空调——外面的热浪实在让人无法忍受。我家里有博尔赫斯的全集,它就是我经常反复重读的作品之一,但我正在咖啡馆里专心写作,而这里距离我家有几公里远。于是我想,何不借此机会来检验一下我的理论呢?

我穿过马路,步行五分钟来到另一家配备了电脑的咖啡馆(所谓的"网咖"——这两个字如此互不相干,却又完美地组成了这个精准的称谓)。我向店主问好,点一杯冰矿泉水,便走到一台电脑旁,在搜索引擎上输入了我能想起来的一些词句,以及作者的名字。在不到两分钟的时间里,屏幕上就出现了这首诗:

有一行魏尔伦的诗句,我再也不会记起;

有一条比邻的街道,我再也不会踏足其间;

有一面镜子,再也不会照见我的脸庞;

有一扇门,这会是我最后一次将它关上;

在我正在凝视的藏书中,总有几本我不会再翻开。

对于我送出去的许多书,我也有同样的感觉:我再也不会翻开它们了，因为总会有新的、有趣的书不断被出版发行，我喜欢阅读。我相信拥有藏书是一件好事。一般来说，孩子第一次接触书籍都是出于好奇，他们会在书架上探索那些书里的图片和文字。但是，当我在签售会上，遇到有读者拿着被翻旧的、在朋友之间传阅了几十遍的书上前来找我签名时，这种感受也是很美妙的。因为这意味着这本书真正流动起来了，就像作者写书时流淌的思绪一样。

献给代表所有女性的女性

2003 年法兰克福书展过去一周之后，我接到了我的挪威出版商打来的电话。诺贝尔和平奖音乐会的主办方希望我能为得奖的希尔琳·艾芭迪写一首献词。

这是我不能拒绝的荣誉，因为希尔琳·艾芭迪是一位传奇人物。她身高不到五英尺，但在捍卫人权方面却有庞大的声量，全世界都能听到她的声音。在感到荣幸的同时，如此重任也让我有些许紧张——将会有一百一十个国家转播这场盛会，而我只有两分钟时间来谈论这位将一生奉献给他人的女性。在老磨坊（我欧洲的居所）附近的森林里散步时，我几次想打电话告诉主办方，我实在是想不出该说什么。但是，生活之所以有趣，就是因为总有挑战要面对，所以我最终还是接受了这个邀约。

我在 12 月 9 日动身前往奥斯陆,第二天阳光明媚,我坐到了颁奖典礼的观众席上。透过市政厅①的巨型玻璃窗可以看到港口的景色。二十年前,大约在同一时节,我和妻子就坐在那个港口,看着冰冷的大海,吃着渔船刚从海里捕捞上来的对虾。我正揣摩着从当年的港口到此时此地的漫长旅程,突然响起的号角声、挪威女王及皇室成员的到来打断了我对往昔的回忆。组委会向希尔琳·艾芭迪女士颁了奖,随后她发表了一场激情洋溢的演讲,谴责了某些政府以所谓的反恐战争为借口,试图确立一种类似全球警察的地位。

那天晚上,在为诺贝尔和平奖获奖者举办的音乐会上,作为主持人的凯瑟琳·泽塔-琼斯宣布,接下来将朗诵我写的献词。那一刻,我按照事先计划好的那样,按下了手机上的快拨键,拨通了我欧洲居所中的电话,这样妻子就仿佛也突然来到了现场,和我一起聆听由迈克尔·道格拉斯朗读的我写的话。

以下就是我写的献词,我想,这些文字也适合献给所有正在努力创造一个更加美好的世界的女性。

波斯诗人鲁米说过,生活就像被国王指派到另一个国家去完成某项任务。被派出去的人在那个国家里可能还得做一百样

---

① 指诺贝尔和平奖的颁奖地——奥斯陆市政厅。——译者注

其他事情，但只要他或她未能完成自己被指派的那项任务，那就好像什么都没做。

致这位理解了她本职任务的女性。

致这位目视前方去路，深知那将是一段险途的女性。

致这位不曾轻视任何难题——相反能够仗义执言，让问题昭然若揭的女性。

致这位让孤单者不再孤独的女性，是她回应了人们对公正的渴求，是她让施暴者尝到了自己的铁拳。

致这位总是向别人敞开大门，总是勤于劳作、忙于奔走的女性。

致这位用行动践行了波斯诗人哈菲兹诗句的女性——"七千年的快乐也无法抵消七天的压迫。"

致这位今晚在场的女性，愿我们每个人都能成为她，愿她的榜样传播开来，愿她今后还有许多艰难的日子，这样她才能完成她的使命，这样"不公"才会在未来成为只能在字典里找到的词，不再会出现在任何人的生命里。

也许前路她会走得很慢，因为她的速度就是变化的速度，而变化——真正的变化，都需要很长时间。

2003 年 6 月 21 日，在约旦死海

我旁边的桌子上坐着约旦国王和王后、美国国务卿科林·鲍威尔、阿拉伯国家联盟的代表、以色列外交部部长、德意志共和国总统、阿富汗总统哈米德·卡尔扎伊，还有众多参与到此刻全球目睹的战争与和平进程中的知名人士。尽管气温高达四十摄氏度，沙漠中却有一丝微风吹过，一位钢琴家正在演奏奏鸣曲，天空晴朗，火炬散布在花园四周，照亮了这个地方。在死海的另一边，我们可以看到地平线上以色列和耶路撒冷的灯光。简言之，一切似乎都是那么宁静祥和，我突然意识到，这一刻远非偏离现实，而是我们每个人心之向往。近几个月来，我的悲观情绪有所增长，但如果人们仍然能够相互交谈，那我们还不至于失去所有。

其后,拉尼娅王后谈到,选择这个地方是因为它的象征意义。死海是地球上地势最低的水体（低于海平面四百〇一米）。一般只要潜水就能去到更深的地方,但在死海,由于水里的含盐度极大,身体总能浮回到水面上。中东漫长而痛苦的和平进程也是如此。我们不会再出现比现在更低的低谷了。如果那天我打开电视,就会看到一名犹太定居者和一名巴勒斯坦青年死亡的消息。但在那天的晚宴上,我有一种奇怪的感觉,那夜的平和会传遍整个地区,人们会再次开始交谈,就像以前那样,乌托邦有可能成为现实,人类不会再沉沦下去。

如果你有机会到中东,一定要去约旦（一个奇妙而友好的国家）,去死海,看看以色列的另一面。你会理解和平是必要的,也是可能的。我为那天的活动撰写了讲稿,并在才华横溢的犹太小提琴家伊夫里·吉特利斯的即兴伴奏下进行了朗诵。以下是讲稿的一些节选。

平和不是战争的反面。

即使在最激烈的战斗中,我们的内心也能保有平和,因为我们在为梦想而战。当我们的朋友失去希望的时候,傲骨之战带来的平和帮助我们撑下去。

一个有孩子要养活的母亲,在面对外交的失败、坠落的炸弹、阵亡的士兵时,即使她的双手会颤抖,她眼中也依然会保有平和。

一个弓箭手拉弓时，即使全身肌肉都在紧绷的状态，他的内心也依旧平和。

因此，对于光之战士来说，平和不是战争的反面，因为他们能够：

1. 区分短暂的和持久的。他们可以为自己的梦想和生存而战，但要尊重随着时间的推移，通过文化和宗教建立起来的纽带。

2. 知道他们的对手不一定是他们的敌人。

3. 意识到他们的行为将影响五代子孙，他们的子孙后代将从中受益（或承担恶果）。

4. 记得《易经》说的："天行健，君子以自强不息。"但他们也知道，坚毅和固执不是一回事。持续时间过久的战争最终会摧毁后期重建所需的热情。

对于光之战士来说，没有抽象概念。每个改变自己的机会都是改变世界的机会。

对于光之战士来说，悲观是不存在的。如有必要，他会逆流而上。这样当他年老疲惫时，就能对子孙们说，他来到这个世界上，是为了更好地理解他的邻居们，而不是来谴责他的兄弟们。

独自在路上

生活就像一场伟大的自行车比赛，其目的是实现我们的天命，根据古代炼金术士的说法，这是我们在地球上的真正使命。

我们一起出发，分享友谊和热情，但随着比赛的进行，最初的快乐会被真正的挑战取代，随之而来的是疲惫、厌倦、对自己能力的怀疑。我们会留意到，一些朋友心里已经放弃。虽然他们依然骑着自行车，但那只是因为他们不能把车停在路中央。会有越来越多的人挨着保障车辆骑行——其实就是把骑行当成了例行公事——他们彼此闲聊，履行着自己的义务，却忽视了途中的美景和挑战。

我们最终将会把这些人抛在身后，然后独自面对孤独，道路上会出现不熟悉的弯道，有时自行车也会出现机械问题。在某些阶段，当我们经历了几次摔倒，身边没有人帮忙之后，我们会开始质问自己，是否真的值得付出所有的努力坚持下去。

是的。问题就在于不言放弃。艾伦·琼斯神父说，要克服这些障碍，我们需要了解四种无形的力量：爱、死亡、权力和时间。

我们必须去爱，因为我们本身被上帝所爱。

我们必须意识到死亡，才能充分理解生命。

我们必须在斗争中成长，但不能让自己被从斗争中获得的权力所欺骗，因为我们知道它毫无价值。

最后，我们必须承认，我们的灵魂——尽管它是永恒的——被时间的网捕捉，在此时此刻的桎梏中迎接机会。

因此，在个人的自行车比赛中，我们必须尊重时间的存在，尽一切努力珍惜每一秒，在必要时休息，然后继续朝着圣光骑行，不被任何焦虑的时刻耽误。

这四种力量不能被视为需要解决的问题，因为它们超出了任何人的控制范围。我们必须接受它们，让它们告诉我们该学习些什么。

我们生活的宇宙大到足以囊括一切，又小到可以塞进我们心里。在人的灵魂里装着世界的灵魂，那是智慧的静谧。当我们朝着目标前进时，我们必须得问自己："今天的美好是什么？"答案或许是今天的阳光很明媚。但如果碰巧下雨，也请记住，这意味着乌云很快就会消失。阴云会消失，太阳依旧不变，永不消逝。在我们孤独的时刻，记住这一点很重要。

当情况变得艰难时，让我们不要忘记，无论种族、肤色、社会地位、信仰或文化背景，每个人都曾经历过完全相同的处境。

成就自己的伟业

我估计阅读这本书的每一页大致需要三分钟时间。据统计，在这一时长内，世界上有三百人正在死去，又有六百二十人即将诞生。

我写就一页文字大概需要半个小时。我坐在电脑前，专注于我手头的工作，我的周围堆满了书，思路都在我的脑子里，外面街上则是车来车往。一切似乎都很平常，然而，就在这三十分钟里，又会有三千人死去，有六千二百人第一次看到这世上的光。

此刻，不知在世上何处，会有数千个家庭开始哀悼自己失去的亲人；也会有数千个家庭对着新生儿露出微笑，这位新成员或许是他们的儿子、女儿、侄子、侄女、弟弟或妹妹。

我停下来思索了一会儿。在这些离世的人中，也许有不少人是经历过漫长而痛苦的疾病后终于走到了终点，当天使来迎接他们时，这些人才终于得到了解脱。而与此同时，或许有上百个刚出生的婴儿在下一秒就会遭到遗弃，甚至在我写完这一页之前，他们就将变成死亡统计数据中的一部分。

　　这是多么诡异。一个我碰巧读到的平平无奇的统计数字，突然让我意识到了所有那些死亡和新生，那些微笑和泪水。他们中有多少人是独自在房间里突然离世，甚至来不及意识到发生了什么？又有多少人是秘密出生，然后被遗弃在儿童之家或修道院门外？

　　我对自己说，我也曾是新生儿数据的一部分，总有一天也会被归入死亡人数统计中。意识到自己会死是件好事。自从我走过朝圣之路以来，我就明白了，尽管生活在继续，灵魂是永恒的，但生命这种存在形式总有终结的一天。

　　人们不怎么会去思考死亡。我们一生总在担心一些荒唐的问题；我们总是不断拖延，却错过了重要的时刻。我们不愿意冒险，因为觉得这很危险。我们总是抱怨多多，却不敢采取行动。我们想改变一切，自己却拒绝改变。

　　如果我们能对死亡有更多的思考，就不会忘记去打那通被拖延了很久的电话。我们会有点疯狂。我们不会害怕这个躯壳的生命走向终点，因为我们没必要害怕一件注定会发生的事情。

印度人有一种说法："说起离世，每日都是吉日。"一位智者曾说："死亡一直都坐在你身边，这样当你要去干大事的时候，它就能给你所需的力量和勇气。"

亲爱的读者，我希望你也想通了。被死亡吓倒是愚蠢的，因为我们迟早都会死。只有接受了这一事实的人才能好好去生活。

困扰精神探索的一些危险误区

当人们开始更加关注精神层面的话题时，就会引发另一种现象：大家变得无法包容其他人对精神世界的不同追求。每天，我都能从杂志、电子邮件、信件和小册子上看到各种信息，试图证明一些路径比另一些路径更好，还会给你介绍一整套规则，以助你实现"启蒙"。鉴于此类信息出现的频率不断增加，我决定浅谈一下在此类探索中我所能想到的一些危险误区。

误区 1：心灵可以治愈一切

事实并非如此，我想用一个故事来说明这个误区。几年前，我有一位朋友深度参与了精神探索，有一次她感觉像是要发烧，应该是生病了。于是，她花了一整晚的时间，动用了她所知道的所有技巧，想让自己的身体"意象化"，以便用心灵的力量来治愈自己。第二天，她的孩子们开始担心，敦促她去看医生，但她拒绝了，说她正在"净化"她的精神。当情况变得岌岌可危时，她才同意去医院，到了那儿就立刻做了阑尾炎的紧急手术。所以，大家一定要非常小心：有时请求医生出手，或许比试图用心灵治愈自己更有效。

误区 2：食肉无异于杀生

如果你有某种宗教信仰，那你必然要遵守其既定的规则，而这种做法也是构成你的信仰的一部分。然而，世界正在经历一场"通过食物净化"的浪潮。激进的素食主义者看着吃肉的人，就感觉是他们亲手杀害了那些动物一样。但是，植物不也是有生命的吗？大自然本来就是生与死的不断循环，总有一天，我们也会归于尘土，反哺地球。所以，如果你的宗教没有规定你不能吃某些食物，那就请你按身体所需摄取各种食物。我想讲一个关于俄罗斯术士葛吉夫的故事。他在年轻时，曾去拜访过一位伟大的老师，为了给老师留下好印象，他选择只吃蔬菜。一天晚上，老师问他为什么要保持如此严格的饮食。葛吉夫回答道："为了保持我体内的清洁。"老师笑了，建议他立刻停止这种做法。如果他继续下去，他最终会像温室里的花朵一样——非常纯洁，却无法承受旅行和生活带来的挑战。正如耶稣所说："玷污人的不是吃进嘴里的东西，而是从嘴里吐出来的东西。"

转瞬即逝的荣耀

"世间的荣耀就此消逝"。这是使徒保罗在《新约·保罗书信》中对人间的描述。然而，即使知道这一点，我们却仍然在为自己的工作寻求认可。为什么呢？巴西最伟大的诗人之一维尼修斯·德·莫拉埃斯在歌词中写道：

而我们现在更应该歌唱
比以往任何时候都更应该歌唱

格特鲁德·斯坦因说：玫瑰就是玫瑰就是玫瑰。但维尼修斯·德·莫拉埃斯说：我们必须唱歌。好极了。他没有给出任何解释、任何理据，也没有做任何比喻。当我入选巴西文学学院院士时，我照惯例联络了其他成员，若苏埃·蒙特洛院士也说了类似的话。他告诉我："每个人都有义务沿着离开自己村庄的路往前走。"

为什么呢？那条路上有些什么呢？

是什么力量驱使我们远离熟悉的舒适圈，去面对挑战，哪怕我们知道世间的荣耀终将消逝？

我相信，这种冲动是对生命意义的探求。

多年来，我在书籍、艺术和科学中，在我走过的许多或危险或舒适的道路上，为这个问题寻找一个明确答案。我找到了许多答案，其中一些答案让我信服了数年，另一些则甚至经不起一天的分析——但其中从未出现过一个足够有说服力的答案，能让我宣称：这就是生命的意义。

现在我确信，我们此生永远不会得到答案，但到最后，当我们再次站在造物主面前时，我们会理解上天给过我们的每一个机会——每一个我们曾经接受或拒绝的机会。

在 1890 年，牧师亨利·德拉蒙德在一次布道中谈到了与造物主的邂逅。

对一个人的考验不是看"我如何忠于信仰"，而是"我如何爱别人"。对宗教的终极考验并不涉及宗教，而是关乎爱——不是我做了什么，不是我相信什么，也不是我取得了什么成就，而是我如何奉献人间大爱。在那份可怕的最终审判中，犯罪甚至都没有被提及。我们之所以被审判，不是因为曾经犯的错，而是因为不作为之罪。这点无可否认。因为不去爱就是对基督精神的否定，这代表着我们不曾认识他，他的降生对我们来说便是徒劳的。

世间的荣耀稍纵即逝，我们不能用它来衡量我们的生活，只能向着自己的个人目标，做好每一个决定，要相信自己心中的乌托邦，并为之奋斗。我们每个人都是自己生活的主角，在世间留下最长久的印记的往往是那些无名的英雄。

日本有一个传说，说的是一位日本僧人对中国名著《道德经》喜爱有加，他决定请人将其译成日语出版。于是他耗费了十年的时间去筹集资金。这时候，一场可怕的瘟疫席卷而来，他的国家哀鸿遍野。僧人决定先用筹措来的钱去帮助那些生病的人，为他们减轻痛苦。不过，情况一稳定下来，他便接着筹集资金，为翻译和出版《道德经》做准备。又过了十年，在他正要出版这本书时，一场海啸让数百人无家可归。这位僧人再次拿出他筹集到的钱，为那些失去一切的人重建家园。又过了十年，他筹集到了更多的钱，日本民众也终于读到了日语版的《道德经》。

智者说，这位僧人实际上为世人奉上了三个版本的《道德经》：两个无形的版本和一个实体的印刷版。他心怀自己的乌托邦，他打了一场硬仗，他坚信自己的目标，但他也从来没有忘记要照顾自己的同胞。这就是我们所有人都应该做的——有时，在我们慷慨待人中产生的无形之书，与那些塞满图书馆的实体书同样重要。

关于优雅

我发现自己有时在坐着或站着的时候会耸肩。每当这种情况发生的时候，我都会觉得肯定是哪里不对劲。但每每在那一刻，我首先想到的不是尝试找出让我不舒服的原因，而是会先试着改变姿态，让自己看上去更优雅一点。挺直腰杆时，我意识到这个简简单单的动作能让自己信心倍增地面对手头的事情。

人们常常将优雅与肤浅和时尚混为一谈。这是个严重的错误。人类应当保持举止优雅，因为"优雅"一词就是品位、文雅、得体与和谐的代名词。

在人生将要迈出关键一步的时刻，我们也必须既平和又优雅。当然，我们也不能沉迷其中，每分每秒都在操心自己的双手该怎么动、该怎么坐下、如何微笑、如何环顾四周。我们需要认识到的是身体有它自己的语言，而别人（即使是无意识的）也能理解我们肢体表达出来的言外之意。

平和来自内心。虽然不安的念头常常在折磨你的内心，但它知道，只要找到正确的姿势，就可以重新获得平衡。我所说的身体形态上的优雅虽然来自躯体，但绝不是肤浅的东西，而是要真正做到脚踏实地。所以，当正确的姿势让你感到别扭的时候，不要怀疑它的正确性，也不要认为这太刻意。因为保持正确的姿势确实是很难的。实践者的一丝不苟能让过程更显荣光。

此外，也请不要将优雅与傲慢或势利混为一谈。只有优雅的姿态才能让我们每次举手投足都无懈可击，让我们的步伐坚定有力，也让我们对身边的男男女女给予应有的尊重。

只有当一个人丢弃了所有多余的东西，发现了朴实和专注时，他（她）才能成就优雅。姿态越是简洁稳重，就越优雅。

雪之所以美丽，是因为它只有一种颜色；大海之所以美丽，是因为它看起来宽阔平坦。但无论是大海还是雪，都有很深的内涵，都清楚自己的属性。

请你迈开喜悦而坚定的步伐，不要怕被绊倒。你的每一步都有盟友的陪伴，如有必要，他们必会出手相助。但不要忘记，你的对手也在注视着你，他们也能分辨坚定的手和颤抖的手。

因此，如果你感到紧张，那就深呼吸，相信自己能找回平静，相信冥冥中会有奇迹让你内心充满安宁。

当你做出决定并准备付诸行动时，试着从心理层面回顾促使你迈出这一步的每个环节，但不要紧张，因为你不可能记得所有条条框框。只要你保持自由的意志，就能在回顾每个环节时，意识到哪些是最困难的时刻，以及你是如何克服它们的。而这也会反映在你的身体上，所以一定要注意！

拿射箭来打个比方，许多射箭者都会抱怨，尽管经历了多年的练习，但拿起弓来仍然会感觉到心脏不安地跳动，手在颤抖，面对目标踌躇不决。射箭的过程让我们的错处被放大得更明显了。

当你在生活中感觉不到爱时，你的目标就会变得混乱、纷繁。你会发现自己没有足够的力量来拉弓，无法使弓弯出足够的曲度。等到某天早上，当你发现你射出的箭瞄不准靶心时，你会想要试着找出造成这种偏差的原因。这将迫使你正视困扰你的问题——在此之前一直被隐藏的问题。

你之所以能发现这个问题，是因为你在身体上感到了衰弱和不优雅。你需要改变自己的姿势，放松你的脖颈，伸展你的脊柱，敞开胸膛去面对世界。当你检视自己身体的时候，你也在检视你的灵魂，这是相辅相成的。

撤退的艺术

一个过分相信自己智慧的光之战士最终会低估对手的力量。

重要的是，不能忘记，有时候，力量比战略更有效。当我们面对某种暴力时，再多的才华、争论、智慧或魅力都无法避免悲剧。

这就是为什么战士从不低估蛮力。当战斗过于激烈时，他会退出战场，直到他的敌人筋疲力尽。

然而，你一定要清楚一件事：光之战士从来都不是懦弱的。战斗可能是一种很好的防御，但不能在内心非常害怕的时候使用。

心中存疑时，战士宁愿直面失败，然后舔舐伤口，因为他知道，如果他逃跑，就是在给侵略者更多力量。

光之战士可以治愈肉体上的痛苦，却永远要面对自己精神上的弱点。在艰难和痛苦的时刻，勇士也要直面胸中涌动的英雄主义、顺从和勇气。

为了达到某种必要的精神状态（因为他正在进入一场他处于劣势，且可能遭受巨大痛苦的战斗），光之战士需要确切地知道什么会伤害到他。冈仓天心在他关于日本茶道的书中写道："我们之所以看到别人身上的恶，是因为深知自己内心的恶。我们永远不会原谅那些伤害我们的人，是因为我们相信自己永远不会被原谅。我们向别人诉说痛苦的真相，是因为我们想对自己隐瞒。我们展现自己的力量，这样就没人能看到我们的脆弱。这就是为什么每当你评判你的手足时，都要意识到受审判的其实是你自己。"

有时，这种意识可以避免一些只会带来不利影响的争斗。然而，有时没有出路，只有不平等的战斗。

我们知道我们会输，但我们的敌人和他们的暴力让我们别无选择，只剩怯懦，而这对我们来说毫无意义。在这样的时刻，我们有必要接受命运，努力记住精彩的《薄伽梵歌》（第二章，16-26）中的一段文字：

人从未出生，也不会死去。一旦存在，就永远不会停止存在，因为他是永恒的。

正如人丢弃旧衣服，换上新衣服；灵魂也会丢弃旧衣服，换上新衣服。

但灵魂是坚不可摧的：剑不能刺穿它，火不能燃烧它，水不能湿润它，风不能干燥它。它超越了一切的力量。

人永远都是坚不可摧的，所以他总是胜利的（哪怕身处失败中），所以他永远不应该悲伤。

尝试的艺术

毕加索说过："上帝首先是一位艺术家。他发明了长颈鹿、大象和蚂蚁。他从未试图遵循某种特定的风格，而是单纯地坚持做他想做的事。"

有行走的欲望才能创造出前进的道路。然而，当我们踏上通往梦想的征程时，却会感到十分惧怕，仿佛我们必须一次就把一切都做对。但是，考虑到我们每个人都过着不同的生活，那谁又能决定怎样才算是"把一切做对"呢？如果上帝既创造了长颈鹿，也创造了大象和蚂蚁，而我们又试图生活在他的愿景中，那为何我们还要遵循其他模式呢？一个固定的模式有时或许可以帮助我们避免重蹈覆辙，不再犯别人犯过的愚蠢错误，但更多时候，它会成为一个牢笼，让我们重复别人已经做过很多次的事情。

这种生活意味着你每天都要确保领带和袜子相互搭配，意味着明天的你不得不和今天的你持有同样的意见。这样的人生如何容得下瞬息万变的世界呢？

所以我说，只要在不伤害别人的前提下，不妨时不时地改变一下自己的观点，不要介意自相矛盾。你有这个权利，其他人怎么想并不重要，因为无论你怎么做，人们总会有这样那样的想法。

当我们决定采取行动时，难免也会越界。一句古老的烹饪谚语说得好："不打破鸡蛋就没法煎蛋。"所以，意外冲突的发生也是正常的，在这些冲突中受伤也是正常的。伤痛会过去的，留下的只是伤疤。

这也不失为一件幸事。这些伤疤会伴随着我们一生，而且会对我们很有帮助。如果有一刻——无论是因为单纯想让自己活得更轻松些，还是出于任何其他原因——你想回到过去的愿望变得非常强烈，那只需要看看那些伤疤。因为它们是镣铐留下的痕迹，会提醒你牢笼有多恐怖，这样你就能接着往前走了。

所以，放轻松。让宇宙在你身边转动，发现惊喜带来的快乐。圣保罗说过："上帝总是有意用世上那些愚蠢的事情来迷惑智者。"

光之战士经常发现某些时刻在不断重演。他经常面临同样的问题和处境，看着这些困境再次出现，他变得沮丧，认为自己无法在生活中取得任何进展。

"这一切我以前都经历过。"他对自己的内心说。

"是的，这些事你确实都经历过，"他的内心回答道，"但你从未超越它们。"

战士这才意识到，这些不断重复的经历只有一个目的，那就是教他发现自己还没有学到的东西。于是，面对每一次重复的挣扎，他总会找到不同的解决方法，他不会把失败看作错误，而是将其看作在遇见自己的路上的一次迈步。

◎对爱保持开放

有时，虽然我们很想帮助自己深爱的人，但却无能为力。这或许是因为环境不允许我们接近他们，也可能是因为对方本身拒绝任何声援和支持。

这样的话，我们剩下的就只有爱了。在这种我们感到无能为力的时刻，我们仍然可以去爱——不期待任何回报、改变或感激。

如果我们这样做，爱的能量将开始改变我们周围的宇宙。无论这种能量出现在哪里，它总会达到它的目的。亨利·德拉蒙德说过："时间不会改变一个人，意志力不会改变一个人，但爱可以。"

我在报纸上读到一个巴西小女孩被父母残忍殴打的故事。她最终失去了肢体活动能力，也失去了说话的能力。

在被送到医院之后，她由一名护士照顾着，那位护士每天都对小女孩说："我爱你。"尽管医生很肯定地告诉护士，那孩子不可能听到她讲的话，她所有的努力都是白费，但护士依然坚持对小女孩说："请不要忘记，我是爱你的。"

三周后，孩子恢复了肢体活动能力。四周后，她又能说说笑笑了。这位护士从未接受过任何采访，报纸也没有刊登她的名字，但请允许我在此写下这个事实：这是爱的治愈，愿我们永远不会忘记这一点。

爱有改造的力量，爱有治愈功能。但是，有时候，爱也会制造致命的陷阱，甚至最终摧毁一个决意要全身心付出自己的人。这种复杂的感觉到底是什么呢——在内心深处，它是我们继续生活、奋斗和进步的唯一原因。

试图定义它是不负责任的，因为我和其他所有人都只能感受到它。围绕这个主题出版过成千上万本书，还有各种戏剧作品、电影、诗歌、用木头或大理石雕刻的雕塑。然而，任何艺术家所能传达的都只是一种感觉，而不是感觉本身。

但我已经认识到，这种感觉存在于一些小事中，并会在我们最微不足道的行动中显现出来。因此，无论我们是否采取行动，都有必要将爱铭记在心。

去拿起电话，说出我们迟迟未说出口的暖心话；去为需要帮助的人开一扇门；去接受一份工作；去放下一份工作；去做一个犹豫已久的决定；去为我们犯下的错误请求原谅，放下耿耿于怀的心结；去主张我们的权利；去成为当地花店的会员，这比光顾某家珠宝店要重要得多。当你爱的人离你很远时，把音乐声调得很大；当他或她来到你身边时，再把音量调小。知道什么时候说"是"、什么时候说"不"，因为爱会协助我们内心的各种能量。去发现一项可以两个人一起玩的运动。去抛开任何生活的配方，甚至包括本文中提到的这些，因为爱需要创造力。

如果这一切都无法实现，剩下的只有孤独的时候，也请记住一位读者告诉我的故事。

一朵玫瑰一直梦想着能邂逅蜜蜂，但从未有一只蜜蜂停留在她的花瓣上。

然而，这朵花继续着她的梦想。在漫长的夜晚，她想象着满是蜜蜂的天堂，蜜蜂飞下来，给她带来了甜蜜的吻。就这样，她坚持到了第二天，舒展花瓣，迎向阳光。

月亮了解玫瑰的寂寞，一天晚上，月亮问玫瑰："难道你不会厌倦等待吗？"

"或许也会厌倦吧，但我必须继续努力。"

"为什么呢？"

"因为如果我不再开放，那我就会渐渐凋零。"

有时候，当孤独似乎要压垮一切美好时，唯一的抵抗方式就是保持开放的姿态。

相信不可能

　　威廉·布莱克说："现在被验证的事情曾经都只是想象。"正因为如此，我们才有了飞机、太空飞行和我正用来写文章的这台电脑。在刘易斯·卡罗尔的杰作《爱丽丝镜中奇遇记》中，当白皇后说出一些令人难以置信的话之后，爱丽丝与她之间有一段这样的对话。

　　"我真是无法相信！"爱丽丝说。

　　"不能吗？"王后用怜悯的语气说道，"那就再试一次。深深吸一口气，闭上你的眼睛。"

　　爱丽丝笑了。"试也没有用，"她说，"人无法相信不可能的事情。"

"我敢说你没怎么练习过。"王后说,"当我像你这么大的时候,我总是每天练习半小时。有时候,我在早餐前就能相信六件不可能的事了。"

生活不断告诉我们:"要相信!"要相信奇迹随时可能发生,因为这不仅是我们获得幸福的必要条件,也能帮助我们保护自己,证明我们存在的正当性。当今世界有许多人认为,消除贫困、建立一个公正的社会、缓解各种宗教信仰之间似有日渐紧张之势的关系都是不可能的。

大多数人逃避斗争的原因五花八门:墨守成规、年龄、荒谬感、无力感。我们看到自己的同类受到不公正的对待,却缄口不语,给出的借口是:"我可不要被卷进无谓的争斗"。

这是懦夫的态度。任何人在追求精神的道路上都必须遵守荣誉守则。反对不当行为的呼喊总会被上帝听到。

即便如此,有时我们也会听到这样的言论:"我一生都相信梦想,也经常竭尽所能对抗不公,但最终总是会失望。"

光之战士知道,有些斗争虽然赢不了,却依然值得去努力,这就是为什么他不怕失望,因为他知道剑的力量和心中爱的力量。他强烈抵制那些没能力做出决断,却将世界上发生的所有坏事都归因于他人的人。

如果他不与不对的事做斗争——哪怕这可能超出他的能力

范围——那他将永远无法找到正确的道路。

阿拉什·希加兹曾给我发来一段话："今天，我在街上散步时赶上了一场大雨。幸运的是，我有雨伞和雨衣，但这两样东西都在我车子的后备厢里，车又停在很远的地方。当我跑去拿雨具的时候，我思忖着这或许是上帝在向我传递一个有趣的信息：面对生活带来的风暴，我们其实一直都有必要的应对资源，但大多数时候，这些资源都被我们锁在了内心深处，于是我们浪费了大量的时间去寻找它们，而当我们找到它们时，已经被逆境打败了。"

因此，让我们时刻做好准备。否则，我们要么错过机会，要么输掉战斗。

在加州圣地亚哥港

我正在和一位女士聊天，她信仰"月亮传统"，一种女性与自然力量和谐相处的启蒙之路。

"你想摸一下海鸥吗？"她望着栖息在海堤上的鸟儿们问道。

我当然想啊。我试了几次，但每当我靠近时，它们就飞走了。

"你要试着感受自己对这只鸟儿的爱，然后让爱像一束光那样从你的胸前倾泻而出，触及鸟儿的胸膛。然后你再静静地走过去。"

我按照她的建议做了。头两次还是失败了，但第三次，我仿佛进入了一种恍惚的状态，我的确摸到了海鸥。当我再次进入这种恍惚状态的时候，结果又成功了。

　　"爱在看似不可能的地方架起了桥梁。"我的这位白人女巫朋友如是说道。

　　我在此将这段经历分享给所有想去做出尝试的人。

修补一张大网

　　我在纽约和一位相当不寻常的艺术家相约见面喝下午茶。她在华尔街的一家银行工作，但突然有一天，她做了一个梦，梦里她受嘱托要去拜访世界上十二个不同的地方，每到一处都要在大自然里创作一幅绘画或雕塑作品。

　　到目前为止，她已经按照梦里的要求完成了四件作品。她给我看了其中一件作品的照片——那是在加利福尼亚的一个山洞里完成的一个印第安人雕像。她一边等待着梦境为她显现更多指引，一边继续在银行里工作，这样她可以挣到足够的钱去旅行并完成梦的嘱托。

　　我问她为什么要这样做。

　　"为了维持世界的平衡。"她回答道，"这听起来或许毫无逻辑可言，但其实我们周围有一张缥缈的网，我们的一举一动都可以影响这张网的松紧。我们一个毫无意义的简单举动就能保护或摧毁很多东西。我的梦可能完全不合逻辑，但我不想冒险违背它的嘱托。对我来说，人类相互之间的关系就像一张巨大而脆弱的蛛网，我想用自己的努力来尝试修补这张大网中的一部分。"

被我遗忘的赞美诗

　　三周前，我在圣保罗散步时，一位名叫爱丁荷的朋友递给我一本名为《神圣时刻》的小册子。小册子采用四色印刷，用纸精良，但其中并没有提到任何特定的教会或教派，只有反面印着一篇赞美诗。

　　当我看到赞美诗的作者——竟是我自己时，可以想见我当时得有多惊讶。这篇文字最早被印在 20 世纪 80 年代初出版的一本诗集的封面内页上。我没想过它能经受住时间的考验，也没想过它会以如此神秘的方式回到我的手中，但当我重读它时，我没有为自己写的东西感到羞愧。

　　正因为它出现在了那本小册子上，让我相信这是一种启示，所以我觉得应当在这里将它重新示人。我希望它能鼓励每一位读者写一篇属于自己的赞美诗，为自己和他人乞求在他们看来最重要的东西。这样，我们心中就能产生一种正向的振动，让它能触及周围的一切。

赞美诗如下：

请保护我们的疑惑，因为质疑促使我们成长，它迫使我们无所畏惧地直视一个问题的众多答案……

请保护我们的决定。请赐予我们勇气，让我们在质疑之后，能在一条路和另一条路之间做出选择。无论"是"与"否"，愿我们决定了就坚持到底。一旦我们选择了自己的道路，愿我们永远不要回头，也不要让我们的灵魂被悔恨吞噬……

请保护我们的行动。愿我们每天的面包都是我们言行举止的最佳回报。愿我们能通过工作和行动，将我们得到的爱分享出去一些……

请保护我们的梦想，因为梦想能确保无论在什么年纪、何种境遇下，我们都能在心中点燃希望和毅力的圣火……

请赐予我们热情，因为正是热情将我们与天堂、与这个星球、与所有成年人、与孩童们连接在一起；是热情告诉我们，欲望是至关重要的，它值得我们付出最大的努力。热情能让我们不断坚信，只要全身心投入自己所做的事，一切就皆有可能……

　　愿地球继续把种子变成小麦，愿我们继续把小麦变成面包。只有当我们拥有大爱时，这一切才有可能。因此，请不要让我们落单。愿我们身边永远围绕着那些会质疑、会行动、有梦想、有热情的男男女女。

✿新千年法典

1. 每个人都各不相同，我们应当尽自己所能保持如此。

2. 每个人都可以有两种选项：行动和思考。两者都能通向同一个地方。

3. 每个人都拥有两种东西：权力和天赋。权力指引我们走向使命，天赋使我们有义务与他人分享自己最好的优点。

4. 每个人都有一项德能：做选择的能力。任何一个人没能利用好这项德能，那它就会变成一种诅咒，将会由其他人替他们做选择。

5. 每个人都有自己的性别身份，只要他们不把这种性别身份强加于他人，就应当堂堂正正地行使这种身份所赋予的权利。

6. 每个人都有自己的伟业要去成就，这就是我们存在于这个世界上的理由。这份伟大将体现在我们为重任所投入的热情中。

7. 任何人都可以暂时放弃自己的伟业，只要他（她）不彻底忘记这件事，并能尽快回到正轨上来。

8. 每个男人都有女性化的一面，每个女人都有男性化的一面。重要的是，将纪律与直觉结合起来，并将直觉与客观性结合起来。

9. 每个人都应该知晓两种语言——社会语言和启示语言：一个用于与他人交流，另一个用于理解上帝的信息。

10. 每个人都有寻找幸福的权利。所谓"幸福"，是指能让个人感到满足的东西，而不一定是让其他人感到满足的事情。

11. 每个人都应该在他们心中保持疯狂的圣火，但要像普通人一样行事。

12. 只有以下各项应被视为严重过失：不尊重他人的权利，被恐惧吓倒，问心有愧，不相信生活中的善恶因果，做一个懦夫。

我们要爱我们的敌人，但不要与他们结盟。他们之所以出现在我们前进的道路上，是为了测试我们的剑，我们应当出于尊重与他们抗争。

我们会选择我们的敌人。

13. 所有宗教都应该得到同样的尊重。

选择了某一种宗教就是选择了一种集体崇拜和分享奥义的

方式。然而，每个人都应当为自己的行为负全部责任，不能将任何个人决定的责任归因于某种宗教。

14. 本法典判定一切区分神圣与世俗的墙都应被推倒。从现在起，一切都应受到尊重。

15. 现在所做的一切都以结果的形式影响未来，以救赎的形式影响过去。

16. 所有与此法典相左的法规均属无效。

最后一些哲言

法句经（佛陀所说的偈颂）

虽诵一千言，若无义理者，不如一义语，闻已得寂静。

虽诵千句偈，若无义理者，不如一句偈，闻已得寂静。

彼诵百句偈，若无义理者，不如一法句，闻已得寂静。

梅夫拉那·贾拉鲁丁·鲁米（13世纪）

在对与错之外，还有一片广阔的天地。

我们会在那里找到彼此。

犹太教对和平的祈祷

我们要铸剑为犁，把矛打造成镰刀。

族与族之间不应举剑相向，也不应再学习战争。

中国老子（公元前 6 世纪）

修之于身，其德乃真；修之于家，其德乃余；修之于乡，其德乃长；修之于邦，其德乃丰；修之于天下，其德乃普。

北京市版权局著作合同登记号：图字01-2023-4454

作者博客网址：http://paulocoelhoblog.com/
Like the Flowing River by Paulo Coelho
Copyright © 2006 by Paulo Coelho
This edition was published by arrangements with Sant Jordi Asociados Agencia Literaria S.L.U.,
Barcelona, Spain, www.santjordi-asociados.com, through Bardon-Chinese Media Agency.
All Rights Reserved.

图书在版编目（CIP）数据

乘风少年的奇遇人生 / (巴西) 保罗·柯艾略著；
张含笑译 . -- 北京：台海出版社，2023.11（2024.6 重印）
　　书名原文：Like the Flowing River
　　ISBN 978-7-5168-3658-3

　　Ⅰ . ①乘… Ⅱ . ①保… ②张… Ⅲ . ①散文集—巴西
—现代 Ⅳ . ① I777.65

中国国家版本馆 CIP 数据核字（2023）第 187515 号

乘风少年的奇遇人生

著　　者：[巴西]保罗·柯艾略　　　　译　　者：张含笑

出 版 人：薛　原　　　　　　　　　责任编辑：俞滟荣

出版发行：台海出版社
地　　址：北京市东城区景山东街 20 号　　邮政编码：100009
电　　话：010-64041652（发行，邮购）
传　　真：010-84045799（总编室）
网　　址：www.taimeng.org.cn/thcbs/default.htm
E - m a i l：thcbs@126.com

经　　销：全国各地新华书店
印　　刷：三河市中晟雅豪印务有限公司
本书如有破损、缺页、装订错误，请与本社联系调换

开　　本：840 毫米 ×1194 毫米　　　　1/32
字　　数：183 千字　　　　　　　　印　　张：9.25
版　　次：2023 年 11 月第 1 版　　　印　　次：2024 年 6 月第 5 次印刷
书　　号：ISBN 978-7-5168-3658-3

定　　价：62.00 元

磨铁图书旗下子品牌

监　　制　潘　良　于　北
产品经理　苟新月
文字编辑　夏　冰
版权支持　高　蕙　侯瑞雪　冯晓莹
营销编辑　金　颖　于　双　黑　皮　柴佳婧
封面设计　艾　藤

关注我们

官方微博：@文治图书
官方豆瓣：文治图书
联系我们：wenzhibooks@xiron.net.cn